아픈 영혼, 책을 만나다

아픈 영혼, 책을 만나다

2009년 6월 5일 초판 1쇄 펴냄
2014년 3월 14일 초판 5쇄 펴냄
2021년 2월 15일 2판 1쇄 펴냄

펴낸곳 (주)도서출판 삼인

지은이 김영아
글구성 임영태
펴낸이 신길순

등록 1996.9.16. 제 25100-2012-000046호
주소 03716 서울시 서대문구 성산로 312, 북산빌딩 1층
전화 (02) 322-1845
팩스 (02) 322-1846
E-MAIL saminbooks@naver.com

인쇄 수이북스
제책 은정제책

ISBN 978-89-6436-191-7 03810

값 14,000원

김영아의 독서치유 에세이

아픈 영혼,
책을 만나다

삼인

참 많은 사람을 만났습니다

참 많은 사람을 만났습니다. 아니, 참 많은 사람들의 아픔과 만났습니다. 그 아픔들 앞에서 때로는 울었고, 때로는 웃었으며, 때로는 치유되지 않은 내 아픔과도 만나게 되었고, 그러면서 겸손의 옷을 입고 성숙할 수 있는 또 다른 충만한 경험을 했습니다. 얼마나 감사한 일입니까? 내가 하고 싶은 일을 하면서 매 순간 성숙할 수 있는 계기를 만난다는 것은.

죽을 고비를 두 번이나 넘긴 참 질곡 많던 삶에서 나를 지배한 정서는 열등감과 거절에 대한 불안이었습니다. 내가 열등하다는 생각은 항상 누군가에게 받아들여지지 못할 거란 불안을 낳았습니다. 자존감이 떨어진 내가 할 수 있는 일은 스스로 나를 위해 실력을 갖추고 자신감으로 철저히 위장하는 것이었습니다. 좋은 성적을 내고, 좋은 결과를 얻고, 그래서 칭찬을 받고 인정을 받고……. 그러나 그렇게 사는 삶 속의 나는 허울이었고, 진정한 내가 아닌 난폭한 그림자의 괴물이 만들어낸 '상처 난 나'라는 사실을, 무수히 부서져가며 알게 되었습니다.

"감사해요. 깨닫지 못했었는데, 내가 얼마나 소중한 존재라는 걸"이라는 가사로 이어지는 노래를 휴대폰 컬러링으로 해두었습니다. 순간순간 내 자신이 얼마나 소중한 존재인지 깨달으며 비로소 한 인격체로 다시 태어난 기분과 그렇게 거듭나는 순간이 결코 나만을 위한 이기적인 시간이어선 안 된다는 소명이 마음에 자리 잡아서입니다.

지난날, 허울로 감추고 껍데기로 살면서 아파하고 고통스러워한 번뇌의 밤이 얼마나 많았던가 생각해봅니다. 이 땅에 나만큼 아파하는 수많은 영혼이 떠돌고 있다는 걸 알고 음지로 손을 내밀어 뻗기로 결심하고부터, 말 못할 상처를 입고 떨고 있는 소녀들을 만나고, 어린 시절

버려진 기억을 끌어안고 숨 죽여 우는 사람과도 만나고, 이런저런 이유로 가슴에 분노를 안고 가족에게 오롯이 사랑을 줄 수 없는 아픈 가장도 만났습니다.

이렇게 겉으로 드러난 문제를 지닌 사람들만 만난 것은 아닙니다. 우울과 무기력으로 하루하루 무엇이 힘든지도 모른 채 힘들어하는 평범한 사람들의 마음도 들여다볼 수 있었습니다. 책은 그들의 마음을 여는 데 열쇠가 되어주었습니다. 그들과 더불어 독서를 통해 치유 여행을 하고 자기를 찾아가는 미로 찾기를 하다 보니 어느새 그 이야기들로 책을 한 권 엮어보겠다는 가당찮은 소망을 갖게 되었습니다.

그 소망은 책에 실린 아픈 영혼의 절절한 부르짖음이 또 다른 아픈 영혼에 닿아 위로와 지지가 되어줄 거란 믿음을 토대로 싹텄습니다. "상처는 그대로 두면 너무나 아프지만 이를 승화시키면 다른 영혼을 치유하는 데 귀하게 쓰일 수 있다"는 헨리 나우웬의 말에 용기를 얻어…….

이 책을 읽고서, 시린 가슴을 안고 음지에서 홀로 고통 받던 아픈 영혼들이 기꺼이 양지로 나와 내민 손을 잡고, 삶은 혼자만의 처절한 싸움이기도 하나 때로는 '함께'하는 기쁨으로 충만할 수도 있음을 느끼기를, 피하고 달아나기만 했던 여러 문제들과 부딪혀볼 만한 힘을 가지게 되었다고 고백할 수 있기를 바라는 마음이 간절합니다.

이런 소망을 실현하도록 도움을 준 사람들이 많습니다.

먼저 자기 자신을 되찾고 건강하게 세우기를 원해 상한 감정과 닫힌 마음을 용기 있게 열어준 사람들과 자신의 내밀한 이야기를 책에 싣도록 허락해준 사람들, 여러 가지 어려움을 겪으면서도 저와 함께해주는 치유 학교 운영진들에게 감사합니다.

또 부족한 저를 믿고 새로운 길을 개척하는 고통을 함께해주시며 비전에 동참해 독서치료 지도자 과정을 밟는 분들, 독서치료사를 키워낼 필요를 절실히 느끼고 과목 개설을 도와주시는 이화여대 관계자들, 독서치료를 실제 현장에 접목해 집단상담으로 이끌 수 있게 인문학 강의를 열어주신 한겨레 관계자들께도 감사합니다.

지혜의 샘 식구들, 각 교회 목사님들, 학교 선생님들, 그리고 이 이야기를 책으로 엮을 수 있게 도와주신 삼인출판사 홍승권 부사장님과 그곳 식구들, 유성룡 선생님, 이태영 소장님, 임영태 선생님께 감사합니다.

저를 끊임없이 세워주시는 부모님과 제 삶 속의 기도의 동역자들, 저를 가장 많이 치유하며 지지하고 위로해주는 남편 강신옥과 기도밖에 해준 게 없는 엄마의 바람보다 더 잘 자라고 있는 예원과 우석에게 감사를 드립니다.

무엇보다 보잘것없는 나를 지명해 불러주시고 또 하나의 열매를 위해 씨 뿌려주신 사랑 많으신 하느님께 감사와 영광을 드립니다.

외딴방에 갇혀 우는 어린 나

상처 입은 사람들이 머리로는 이해하는데 가슴
으로 받아들이지 못하는 것은 현실의 이성적 자
아 저 안쪽에 '상처 입은 그 순간'의 옛 자아가
고스란히 남아 있기 때문이다. 그 옛 자아는 지
금 나와는 별개의 인격체다. 이해하는 건 지금의
나일 뿐이다.

　　　　　　　　날씨가 춥다. 가슴속까지 찬 기운이 몰
려 들어온다. 꼭 추워서만이 아니라 낯설고도 묘한 긴장감으로 가슴 한
쪽이 찌르르하다. 새롭게 독서치료 프로그램을 시작하는 날 아침은 늘
이렇다.

　문을 열기 전 몇 번 심호흡을 해본다. 문고리를 잡은 내 손이 파르
르 떨리면서 철저히 혼자라는 생각이 든다. 문 뒤에는 자기 마음의 열쇠
를 찾는 사람들이 나를 기다리고 있다. 그러나 나는 어떤 열쇠도 갖고
있지 않다. 열쇠는 그들 자신에게 있다.

　문을 열었다. 문화센터에서 총 8회 과정으로 개설된 '독서로 치유
하는 내 안의 그림자' 프로그램 첫 시간이다. 교실에는 이 치료 프로그
램에 자발적으로 찾아온 내담자가 열두 명 앉아 있다. 남녀가 섞여 있

고, 나이는 20대 후반에서 50대 초반까지 다양하다. 돌아가면서 간단히 자기소개를 한 후, 나는 첫 시간에 늘 그렇듯 진단지를 나눠주고는 작성 요령을 일러주었다.

"지금까지 여러분은 자기 자신을 돌아볼 겨를 없이 살아왔습니다. 사실 세상 사람들 대개가 그렇지요. 그런데 오늘 여기 오신 여러분은 다른 게 하나 있습니다. 자기 안에 있는 어떤 불편한 감정과 정서로 인해 인간관계나 일상생활에 조금 힘들어합니다. 아주 심한 고통을 겪는 분도 있을 겁니다. 한마디로 마음에 어떤 상처가 있고, 그 상처를 만들어 낸 무엇인가를 자기 안에서 끄집어내고 싶어 여기에 오셨습니다."

사람들은 프로그램의 첫 시간에 가장 긴장을 한다. 저마다 상처를 안고 자발적으로 찾아온 사람들이기에 이 첫날은 프로그램에 대한 기대치가 가장 높기도 하다. 진단지를 받아 들고 책상에 앉아 있는 내담자들은 각자 표정은 달라도 모두 진지하게 내 말에 귀 기울이고 있다. 진단지에는 '유아기의 나', '청년기의 나', '지금의 나', '미래의 나'라는 네 항목이 있다. 진단지 작성은 내담자들이 지금까지 살아온 자기 모습을 스스로 들여다보게 하는 과정으로 프로그램을 진행하는 데에 기초 자료가 된다.

"이 진단지는 나를 찾아가는 여정의 첫 번째 문입니다. 여러분 안에서 무언가를 길어 올리는 과정을 제가 도와드리기는 하지만, 기본적으로는 여러분 스스로 자기 자신과 직면해야 합니다. 자기를 보는 시선을 객관화할 줄 알아야 하는 거지요. 하지만 막상 자기 이야기를 쓰려고 하면 객관화라는 게 얼마나 힘든가를 느낄 겁니다. 그건 우리가 이제까지 늘 주관적으로 살아왔기 때문이지요. 이 첫 시간에 내 안의 모든 것을 다 끄집어내야 한다는 강박관념은 갖지 마세요. 그러기는 힘들고, 또 처음부터 그런 무리한 노력을 할 필요도 없습니다. 그냥 다른 사람들에게 나를 소개한다는 마음으로 자기가 보는 자신의 모습을 최대한 객관적으로 써보도록 하세요."

사람들이 볼펜을 들기 시작할 때 나는 마지막으로 한마디 덧붙인다.

"여러분은 각자 개별적으로 찾아왔지만, 지금부터는 여기 모인 모두가 여행의 동반자입니다. 우리의 목적지는 결국 같은 곳이거든요. 자기 마음의 어둡고 불편한 곳을 찾아 편안하게 해주는 것이지요. 때문에 시간상으로는 짧은 동행이지만 인생의 가장 중요한 길에 동반자가 되는 겁니다. 그러므로 모두를 존중하면서 최대한 자기를 자연스럽게 풀어놓으시기 바랍니다."

사람들이 진단지를 작성하는 동안 나는 앉아 있는 한 사람 한 사람을 가슴에 넣는다. 그들의 표정, 몸짓, 앉은 자세, 스타일, 입고 있는 옷 색깔까지, 눈에 보이는 것을 될 수 있는 한 많이 담아 넣는다. 이런 탐색을 통해 그들이 말로 표현하는 것보다 많은 정보를 얻을 때도 있다. 이런 습관은 직업병이 되어버려서 일상생활에서 만난 사람도 면밀히 관찰하곤 한다.

30여 분 후, 진단지 작성이 끝나고 한 사람씩 돌아가면서 발표하기 시작한다. 진단지에서 자신이 답한 내용을 바탕으로 유년, 청년, 지금, 미래의 나를 스스로 설명하는 시간이다.

발표는 미리 순서를 정하거나 지명하지 않고 각자 하고 싶을 때 자연스럽게 하기로 했다. 그중 맨 마지막에 자기소개를 한 소금인형 이야기를 지금부터 해보려 한다.(내가 진행하는 독서치료 프로그램에서는 첫 시간에 닉네임을 하나씩 정한다. 연령대와 신분이 다양하기 때문에 서로 자연스럽게 부르기에 좋고, 닉네임 자체만으로 그 사람의 성향이 어떤지 들여다볼 수도 있기 때문이다.)

서른다섯 살 가정주부인 소금인형은 처음에 자기소개를 할 때부터 유독 눈에 띄었다. 약간 마른 몸매에 얼굴은 화사하고 전체적으로 선한 느낌이었다. 어디엔가 그늘이 드리워져 있는 듯한 우수 띤 분위기도 인상적이었다. 선한 이미지와 그늘진 우수, 조금은 상반돼 보이는 그 두 가지 분위기가 섞여 그녀는 고운 외양 말고라도 확실히 남의 눈길을 끄는 매력을 지니고 있었다. 하지만 그 우수 어린 느낌 어디쯤엔가는 오래도록 묵혀 온 상처가 똬리를 틀고 있을 듯했다.

소금인형은 과거의 자기를 표현할 때까지는 특별한 게 없었다. 말수가 적었다, 남을 잘 배려하는 편이었던 것 같다, 노래 부르기를 좋아했다, 하는 평범한 이야기만 했다. 그러다가 '지금의 나'를 말하는 부분에서 목소리가 조금 침울해졌다.

"저는 남편한테 참 못하는 것 같아요. 출근할 때나 퇴근해서나 밥도 잘 챙겨주지 않아요. 그런 저 자신에게 화가 나고, 많이 괴로워요."

나는 그녀가 자기소개 때 결혼 3년차라고 했던 걸 떠올리며 잠깐 말을 끊었다. 한번 짚고 넘어가야 할 이야기였다.

"남편에게 문제가 없는데, 가령 외도를 하거나 늦게 들어온다거나 외박을 한다거나, 그런 잘못이 없는데도 밥을 챙겨주지 않는다는 말인가요?"

이런 질문을 상담심리학에서는 '명료화'라고 한다. 명료화란 내담자가 한 말의 뜻을 명확하게 정리하는 일이다. 사람들은 종종 자기 진심과 다른 이야기를 할 때가 있다. 어떤 감정이 드러나는 걸 피하기 위해 일부러 돌려 말할 때도 있고, 스스로도 자기가 무슨 말을 하고 싶은지 모른 채 나오는 대로 말할 때도 있다. 그럴 때 질문을 통해 상대가 정말 하고 싶은 말이 무엇인지 확인하는 것이 명료화다.

독서치료뿐 아니라 모든 심리치료에서 명료화는 중요한 상담 기술이다. 명료화를 통해서 내담자는 무심코 나온 자기 말의 진정한 의미를 돌아보게 된다. 한마디로 명료화란 내담자가 말하고 싶어하는 생각과 본심을 명료하게 재정리하는 일인 것이다.

예를 들어 어떤 사람이 "저는 청년기에는 자기주장을 하지 못했습니다. 내 얘기를 먼저 해본 적이 없어요" 하고 말할 경우, 상담자는 "왜 자기주장을 못했을까요? 이게 아까 말씀하신 유아기 때 학대당한 일과 관계있다고 생각하나요?" 하고 물을 수 있다. 이런 질문을 통해 내담자는 스스로 자기 말의 의미를 돌아보게 된다. 내담자는 잠시 생각해본 후, 아니면 즉각 다음과 같은 말을 할 수 있다.

"맞아요, 생각해보니 그런 것 같네요."

"글쎄요, 아닌 것 같은데요."

"아니요, 그 시절의 학대하고는 아무 상관없어요. 저는 다만⋯⋯."

이런 대답을 듣고 난 후 상담자는 그 순간 판단을 해서 이쯤에서 그칠 수도 있고 재차 명료화를 시도할 수도 있다. 그리고 그런 정도 선에서 그친 경우라도 질문과 대답은 내담자의 머릿속에 계속 남아 나중에라도 자신을 돌아보는 데 도움이 된다.

내 질문에 소금인형은 너무 당연하다는 듯 바로 대답했다.

"예, 남편은 제게 잘못한 것이 없어요. 오히려 잘해주죠."

"그런데 밥을 챙겨주지 못한다는 것만으로 남편에게 못한다고 말할 수는 없지 않을까요?"

"제가 워낙 못하니까요. 저는 결혼생활에서 아내가 하는 기본 도리를 거의 못하고 있다는 생각이 들어요."

나는 재차 물었다.

"왜 남편하고 문제에만 그렇게 집착하지요? 현재의 나에 대해서 남편에 관한 것 말고도 할 이야기가 많을 것 같은데요."

다음에 돌아온 그녀의 대답은 조금 뜻밖이었다. 말의 방향이 달라지고 있었다.

"집착이라고 하셔서 하는 말인데, 지금 이렇게 괴로워서 얘기하긴 하지만 사실 저는 남편에겐 거의 신경 안 써요. 남편이 집에 있거나 없거나, 남편이 무얼 생각하고 어떤 행동을 하든 관심이 없어요. 이런 저와 사는 남편이 불쌍하지요."

"아이가 있다고 했던가요?"

"아직 없어요."

"알겠습니다. 계속해서 미래의 나를 말씀해보세요."

'미래의 나'에 대한 이야기도 조금은 뜻밖이었다.

"미래에는…… 남편하고 헤어지게 될 것 같아요."

이번에도 남편 이야기였다. 그것까지는 좋다. 문제는 미래를 너무 부정적으로 예측한다는 점이다.

사람들은 대개 진단지에 자기 미래를 긍정적으로 기록한다. 과거는 아팠고 현재 또한 힘들더라도 미래만큼은 행복해지길 바라는 마음인 것이다. 더욱이 내담자들은 스스로 자기 문제를 자각하면서 어떤 식으로든 이를 해결하고자 찾아온 사람들이다. 이 프로그램을 통해 자기 안의 무엇인가가 해소되기를, 그래서 이제까지의 어두운 마음이 걷히기를 간절히 바란다.

미래의 내 모습은 그런 소망을 반영해 그리게 마련이다. 그래서 사람들은 대개 밝고 건강하게 회복한 자신의 모습을 미래의 나로 적어 넣는다. 그것은 자기최면이자 자기암시다. 마음 한구석에야 미래에도 어두울지 모른다는 불안감이 있을 수 있겠지만, 스스로 자기를 찾고자 나온 만큼 이번만큼은 그 모든 게 해결되어 '이렇게 되기를', '꼭 이렇게 될 거야' 하는 열망을 갖게 되는 것이다. 그런데 소금인형은 미래의 모습마저 부정적으로 상상했다.

"그러면 선생님은 앞으로 어떻게 살아갈 것 같아요?"

"아마 아파트에서 혼자 살겠지요."

아파트라는 말조차 어딘가 은유적이다. 나이 마흔이 넘어 아파트에서 혼자 살고 있는 이혼녀. 씁쓸한 웃음을 지어 보이는 소금인형의 얼굴에 체념이 만성화된 짙은 그늘이 깔리는 게 보였다.

"남편에게 잘해주려고 노력해보시면 어떻겠어요? 남편이 불쌍하다면서요?"

"노력을 해야 한다는 생각은 하는데, 어떤 식으로 노력해야 할지 모르겠어요. 사실은…… 뭔가 노력을 하는 내 모습이…… 별로 좋게 생각되지도 않아요."

노력을 하는 자기 모습이 좋게 생각되지 않는다!

앞서 말했듯이 대개는 미래의 자기 모습을 긍정적으로 그려낸다. 그래서 나는 첫 시간이면 으레 "여러분은 이미 자아를 찾아가는 여정을 시작했기 때문에 그 자체로 매우 밝습니다." 하고 긍정적인 말을 덧붙여준다. 심리상담 용어로는 이런 것을 '지지한다'라고 말한다. 내담자가 한 말에 동의하고 공감해주는 것이다. 이는 단순히 상대의 기분을 맞춰주기 위해서가 아니라 내담자들의 내면을 일단 이해해줌으로써 자기 감정을 털어놓는 데 부담을 갖지 않게 하는 것이다.

그런데 소금인형의 경우는 지지할 만한 것이 없었다. 무슨 말을 하든 무조건 맞다고 해주는 게 지지는 아니기 때문이다. "맞아요, 당신은 앞으로 남편과 이혼하고 텅 빈 아파트에서 혼자 살게 될 거예요." 장래에는 이렇게 말해주는 고도의 심리상담 기술이 나올지도 모르겠지만, 적어도 지금은 아니다.

이때는 지지할 수도, 그렇다고 내담자의 감정을 대놓고 부정하거나 내 사고를 강요할 수도 없는 상황이었다. 지지도 부정도 할 수 없는 경우가 그리 희귀한 사례는 아니다. 종종 만나게 되는 경우라는 게 더 맞는 말일 것이다. 1인 상담이 아니기 때문에 어쨌거나 마무리를 해야 했다. 이제 필요한 건 내 진심이었다. 상담자는 효과적인 심리상담을 위해 '경청' '지지' '명료화' 등 각종 대화 기술을 사용하지만, 그런 건 말 그대로 기술일 뿐 상담자에게 가장 중요한 건 진심으로 상대를 대하는 마음이다. 기술만으로는 상대의 깊은 내면으로 들어가지 못한다. 그래서 나는 다음과 같이 말했다.

"지금 말씀하신 것만으로는 소금인형님의 감정이 어떤 것인지 충분히 알지는 못하겠네요. 하지만 이 프로그램이 끝날 때쯤이면 그 마음이 꼭 풀리기를 기대합니다. 그리고 똑같진 않겠지만 저도 소금인형님과 비슷한 경험을 한 적이 있어요. 남편에게 잘 못했고, 힘들게도 많이 했지요. 근데 지금은 참 좋아요. 제가 어떤 과정을 거쳐 그 상태를 이겨 냈는지, 나중에는 그런 제 이야기도 소금인형님에게 털어놓는 시간이 왔으면 좋겠어요."

그 첫 회기에 내가 바란 것은 그녀가 나를 믿어주었으면 좋겠다는 것이었다. '이 사람에게만은 내가 이 말을 해도 좋겠다' 하는 신뢰를 주는 것. 이는 모든 상담자들이 모든 내담자들에게 바라는 점이다.

그날 내가 가장 걱정한 건 그녀가 좌절하지 않을까 하는 거였다. 남들은 모두 미래에 대해 밝게 이야기하는데 자기 혼자 암울한 이야기를 하고 있으면 소외감이 들게 마련이다. 스스로 이방인이라는 자괴감만 커질 수 있다. 상담자인 나로서도 만족스럽지 못한 첫 대화였으니 그녀가 다음 시간부터 안 나올 가능성이 적지 않았다. 중간에 소득 없이 상담이 끝나는 이런 경우를 '드롭아웃'이라고 한다.

내가 우리 부부의 이야기를 꺼낸 것은 그 때문이었다. 내 삶을 당신에게 오픈할 시간을 달라! 그녀 삶을 조금도 열지 못한 그 첫 만남에서 내가 건넬 수 있는 유일한 제안은 그녀 삶을 드러내라는 게 아니라 내 삶을 보일 수 있는 시간을 달라는 것이었다. 그렇게 보면 상담자와 내담자의 관계는 어떤 면에서, 표현이 썩 적절하진 않지만, 양자 간 심리게임이라 할 수 있다. 열려고 하는 이와 열지 않으려 하는 이, 모르는 체하는 이와 모르는 체하지 말라고 다독거리는 이 사이의 심리게임.

정신적으로 힘든 사람이 해당 전문가를 찾아갈 경우, 전문가와 내담자 사이에 가장 먼저 부딪치는 문제는 대화의 방향이다. "어디가 아프세요?" 일반 병원에서 할 법한 이런 질문은 할 수가 없다. 내담자는 자기 문제를 이야기할 방법을 알지 못한다. 이때 상담자는 자신의 오랜 경험과 심리이론에 근거해 최대한 자연스럽게 대화를 이끌고자 노력한다. 그리고 이 세상 누구보다 진지하게 경청해준다. 그런데도 대부분 내담자는 자기 문제의 본질을 피하려고 하거나 정반대의 정보를 내놓곤 한다. 때문에 집단 상담 첫 시간은 경계와 방어의 미묘한 신경전을 하기 십상이다. 책은 이 단계를 매끄럽게 넘게 해주는 좋은 매개체다. 책을 읽고 서로 감상을 나누는 과정에서 직접 자기 이야기를 털어놓지 않으면서도 자연스럽게 문제의 뿌리에 접근할 수 있다. 그런데 소금인형은 함께 읽은 책에 대해 처음 이야기를 꺼내는 2회기를 맞기도 전에 남들과 동떨어짐으로써, 시작부터 난관에 부딪쳐버린 셈이었다. 그녀는 자기 자신을 너무 잘 알거나 너무 모르고 있었다.

그 다음 주인 2회기에 소금인형을 교실에서 보았을 때, 반가움을 넘어 고맙기까지 했다. 2회기에 사람들이 읽고 온 책은 김경집의 《나이듦의 즐거움》이었다. 프로그램을 진행하는 동안 미리 같이 읽을 책을 여덟 권 남짓 제시하는데, 책 읽는 순서는 대강 정해놓고 시작하지만 흘러가는 분위기에 따라 조정하기도 한다. 그러나 첫 책으로는 《나이듦의 즐거움》을 선정해 읽는 경우가 많다. 이 책은 인문학자인 중년의 저자가 일상에서 흔히 마주치는 일들을 소재 삼아 수필과 편지 형식으로 편하게 읽히도록 써내려간 책이다.

인물 캐릭터가 분명하고 강렬한 서사가 있는 소설이나 특정한 주제가 설정돼 있는 책과는 달리 이 책에서는 일상적인 경험과 사색으로 다채로운 이야기를 한다. 그래서 이를 읽은 사람들은 1회기의 진단지 쓰기 연장선상에서 각기 자연스럽게 자기 관심사를 드러내게 된다.

사람들은 지난번처럼 한 사람씩 돌아가며 자기가 관심 있게 읽은 대목을 발표했다. 이런 형식 자체는 보통 독서 모임에서 독후감을 발표하는 것과 다르지 않다. 다른 게 있다면, 사람들이 말하는 중간에나 다 듣고 난 후, 내가 한 사람, 또는 전체를 상대로 질문을 해가면서 감상의 깊이를 심화시켜가는 일이다. 이를 통해 표면적인 독후감에는 드러나지 않는 마음의 한 꺼풀을 더 벗겨 의식 내면으로 시선을 유도한다.

몇 번째 발표자였던가, 책 속에 '과거와의 화해'라는 제목의 글을 언급한 사람이 있었다. 그 글에는 저자가 자신이 가르치는 대학생들에게 내주는 독특한 과제 이야기가 나온다.

"화해하지 못한 과거를 안고 사는 사람들이야말로 불행한 사람이 아닐 수 없습니다. 의외로 화해되지 않는 과거의 주인공은 가족인 경우가 많습니다. 흔히 열 손가락 깨물어 안 아픈 손가락 없다고 하지만 더 아픈 손가락과 덜 아픈 손가락이 있는 건 부인할 수 없습니다. 말을 못 했을 뿐이지 아이들은 그걸 예민하게 느낍니다. … (중략) … 그래서 다른 형제에 대한 피해의식이나 적개심이 있을 수 있고, 권위적이고 때로는 가학적인 부모에게서 받은 상처가 있을 수도 있습니다."

이런 말로 시작해서 저자는 자신이 학생들에게 '동성 부모의 발 씻어주기'라는 조금 낯 뜨거운 과제를 내준 이야기를 한다. 학생들은 이 과제를 받으면 처음엔 누워서 떡 먹기처럼 쉬울 거라 생각하지만 막상 쉽사리 실천하지 못한단다. 차일피일 미루다 과제 제출 직전에 다짜고짜 달려들어 발을 씻어주거나 아예 처음부터 학교 과제라고 말하고 씻어주기도 한단다. 저자가 들려주고자 하는 핵심이 그 다음에 이어진다. 억지로 했든, 과제라고 말하면서 쑥스럽게 시작했든 부모의 발을 씻어주는 것 자체가 중요하다는 거다. 그리고 학생들 스스로 금방 그걸 깨닫게 된다고 한다.

"아버지의 발을 잡는 순간, 가슴 저만치에서 뭔가 치밀어 오르는 걸 느낍니다. 아버지가 불쌍하다는 생각, 고맙다는 생각, 앞으로 건강했으면 좋겠다는 생각 등. 아버지와 아들은 서서히 마음을 열고 만나기 시작합니다. 그래서 발을 씻고 난 뒤에는 함께 소주잔을 나누며 그 화해에 감사했다며 가장 기억나는 과제였다는 말을 들을 때, 저는 그들이 과거와 화해했다는 생각에 함께 행복해집니다."

내담자가 언급하지 않았다면 내가 이야기를 먼저 꺼냈을 수도 있는, 독서치료 프로그램과 가장 어울리는 대목이다. 부모 자식 관계는 가장 가까운 듯하면서도 가까이 다가가기를 주저하게 만드는 여러 감정이 뒤틀려 있는 경우가 많다. 저자는 숙제를 통해서라도 학생들이 이런 경험을 해봄으로써 무언가 새로운 감정을 느껴보기 바랐을 것이다.

발표가 끝난 후 나는 모두에게 질문을 던져보았다.

"어떠셨어요? 글에 보면 과제를 하느라 인위적으로 발을 씻겨 드린 것만으로도 학생들은 많은 걸 느끼고 어머니 아버지와 관계를 새롭게 다지기도 했다는데, 여러분은 이 글을 읽으면서 어떤 감정을 느꼈는지 궁금하네요."

꼭 가족 사이에서 얽힌 문제가 아니더라도 저마다 어떤 상처를 안고 과거와 화해를 바라고 있는 사람들이었으므로 상당히 뜨거운 반응을 보였다.

"나도 아버지가 생각나 하염없이 눈물을 흘렸어요."

"아버지가 돌아가셔서 발을 씻겨드릴 수 없는 현실이 너무 슬펐습니다."

사람들이 이처럼 진술하게 감정을 토해놓는데도 소금인형만큼은 아무 말이 없었다. 나는 소금인형을 지명해보았다. 그녀의 대답은 남들과 크게 달랐다.

"저는 분노가 치밀었어요."

명료화가 필요한 시점이었다.

"책을 읽을 때 분노했나요, 아니면 지금 발표하는 분위기에 분노가 올라왔나요? 소금인형님을 화나게 한 것이 무엇인지 조금 더 말씀해주실 수 있겠어요?"

잠시 뜸을 들이고 난 후에 그녀가 말했다.

"그냥 아버지가 싫은 것 같아요."

"그렇다면 책에서 아버지의 발을 씻겨주라는 대목에 화가 난 거군요? 혹시 지금 아버지가 살아 계시나요?"

"네."

"그럼 아버지가 왜 싫은지, 그 이유를 말해보실 수 있나요?"

전체 분위기와 맞지 않는 말을 하고 있다는 것이 걸리는가 보았다. 아니면 짧게 말할 수 없는 것이어서 주저되었는지 모른다. 그녀는 시계를 흘깃 보더니 오늘은 말하고 싶지 않다고 했다. 하긴 정해진 두 시간이 거의 다 돼가고 있었다. 나는 더 말을 건네지 않고 그쯤에서 2회기 모임을 마쳤다. 이번에도 소금인형의 유별난 감정만 확인한 채 끝났지만 모임을 끝낸 순간 나는 기분이 좋았다. 그녀가 드롭아웃 되지 않을 거라는 확신이 들었다. 소금인형은 자기감정을 묻어두지 않고 "싫다!"라고 말하며 확 터뜨렸다. 그것은 좋은 징조였다. 화해나 치유는 있는 그대로 감정을 표현하는 것으로부터 시작되는 법이다.

그 다음 주 3회기는 신경숙의 《외딴방》을 읽고 말하는 시간이었다. 10대 소녀가 오빠와 단둘이 서울로 올라와 여공이 되어 어렵게 공부하면서 자기 꿈을 찾아가는 이야기다. 이 수업 내내 소금인형은 한마디도 하지 않았다. 구체적인 인물과 사건이 등장하는 소설이므로 다른 사람들은 열띤 토론자가 되어 저마다 다양한 감상을 쏟아냈다. 하지만 소금인형은 전보다 무거워진 표정으로 시종 묵묵히 앉아만 있었다.

《외딴방》에는 아버지 이야기가 별로 나오지 않아서일까? 궁금했지만 나도 소금인형에게 일절 말을 건네지 않았다. 말할 준비가 안 되었는데 말을 강요하는 건 좋지 않다. 나는 기다려주기로 했다. 3회기는 그렇게 지나갔다.

4회기가 되었다. 그 주에는 공지영의 《우리들의 행복한 시간》을 읽고 오도록 돼 있었다. 이날 나는 은근히 기대하는 게 있었다. 《우리들의 행복한 시간》에서 남자 주인공인 윤수의 아버지가 알코올중독자이고, 그 때문에 가족이 비참하게 살아가는 내용이 들어 있기 때문이다. 가장으로서 책임을 외면한 아버지 때문에 불우한 어린 시절을 보내다가 마침내 사형수로까지 전락하고 마는 윤수의 슬픔과 분노, 나는 윤수의 그런 모습에 소금인형이 어떤 식으로든 감정이입 되지 않을까 기대했다.

그런데 소금인형은 남들이 열심히 이야기를 주고받을 때도 가만히 듣고만 있었다. 지난 회기와 다르다면 아예 무관심한 모습으로 있는 게 아니라 자꾸 한숨을 내쉰다는 점이었다. 책 이야기가 어느 정도 진행되었을 때 나는 소금인형에게 말을 건넸다.

"소금인형님은 어떠세요? 앞서 다른 분이 하신 말씀에 동의하나요? 참, 책은 다 읽고 오셨죠?"

"아니요, 중간밖에 못 읽었어요."

"어느 대목까지요?"

"사실은, 중간까지가 아니라 반만 읽었어요."

"반만이요? 무슨 뜻이지요?"

알고 보니 소금인형은 책에서 블루노트 부분은 처음 한 장만 읽고 전혀 읽지 않았다. 이 소설에서 블루노트는 윤수가 쓴 일기로, 책 초반부터 끝까지 본문 스토리와 교차해 나오는 부분이다. 그러니까 소금인형은 윤수가 어떻게 해서 사형수가 되었나를 이해하게 해주는 '윤수의 삶' 이야기는 아예 읽지 않고 건너뛴 것이다. 아버지 문제가 걸렸나 보다, 하는 생각이 들었다. 오늘은 이 부분을 직접 건드려봐야겠다고 생각했다.

"블루노트를 안 읽은 이유가 혹시 아버지 때문인가요?"

"그건 아니에요."

"그럼?"

"윤수 형제의 환경이 싫었어요."

순간 얼떨떨했다. 소금인형 마음을 불편하게 하는 건 아버지와 관계된 일일 거라는 내 짐작은 빗나갔다. 종종 있는 일이다. 상담자는 상대의 마음을 단숨에 알아맞히는 족집게 점쟁이가 아니다. 빙 돌아가는 먼 길을 손잡고 같이 가주는 사람이다. 함께 이정표를 찾아내고, 상대가 지친 기색이면 함께 쉬면서 기다려주는 사람이다.

이제 통로가 보인 만큼 어서 근본적인 문제로 들어가야 했다.

"어떤 환경이요? 가난이요?"

"네. 아니, 그것보다는……."

소금인형은 약간 뜸을 들였다. 긴장이 되는지 손가락을 심하게 만지작거리고 있었다.

"그냥 편하게 말씀하세요. 하기 싫으면 안 하셔도 되구요."

그녀를 편하게 해주어야 했다. 그렇다고 팽팽하게 당겨진 활시위를 그냥 놓아버릴 수는 없었다. 자기 내면과 직면하려는 순간이면 내담자는 누구나 머뭇거린다. 그때 얼마만큼 밀어붙이고 얼마만큼 기다려야 할지를 판단하기는 늘 쉽지 않다.

"가난이 꼭 싫은 건 아니에요. 부끄럽게 생각하지도 않았어요. 다만, 가난할 순 있지만 두 아이가 부모에게 버려진 환경이 싫었어요. 읽히지가 않았어요."

소금인형의 숨소리가 거칠어졌다. 얼굴도 약간 달아오르는 것 같았다. 급기야 그녀는 눈물까지 쏟아냈다.

"그랬군요. 혹시 엄마 아빠에게 버려졌다고 느낀 적이 있나요?"

"아니요, 날 버린 건 아니지만……, 네, 버린 거지요. 나는 버려졌다고 생각해요."

소금인형은 약간 흥분해서 말을 오락가락하는 듯했다. 그러나 그녀가 표출하는 감정은 확실하게 와 닿았다. 부모에 대한 분노였다. 첫날 어떤 감정으로 남편 이야기가 나왔던 것인지 짐작이 갔다. 나는 곧바로 물었다.

"지금도 버려지는 게 두려우세요? 버려질까 두려워 먼저 남편을 버리려고 하는 건가요?"

소금인형이 갑자기 울음을 터뜨렸다. 그녀의 울음이 가라앉기를 기다리며 나는 '유기불안'에 대해 생각했다. 어린아이는 누구나 부모가 자기를 버릴지 모른다는 불안, 언제 갑자기 외톨이가 될지 모른다는 불안을 갖고 있다. 한 번 버려진 경험이 있거나 부모에게 보살핌을 받기 어려운 환경에서는 더욱 그렇다. 그렇게 형성된 유기불안은 어른이 되어서도 완전히 사라지지 않는다.

소금인형의 울음이 가라앉았을 때 나는 사람들에게 "오늘은 소금인형님이 방금 말한 부분에 대해 털어놓을 수 있도록 시간을 주면 어떻겠느냐"고 동의를 구했다. 이정표가 나타난 이때 조금 더 걸어 들어가야 했다. 사람들은 조용히 고개를 끄덕여주었다.

오늘 모든 걸 다 이야기해보자고 하자 그녀는 3분 정도 가만히 침묵했다. 그러고는 마침내 입을 열었다. 엄마 아빠가 너무 바빴다. 시장에서 함께 일하던 부모는 세 살배기 동생을 다섯 살인 그녀에게 맡기고 새벽같이 일을 나갔다. 둘 다 어리니까 나갈 때면 밖에서 방문을 걸어 잠갔다. 다섯 살 아이는 투정 부리며 보호받아야 할 나이에 부모와 떨어지는 것도 모자라 세 살짜리 동생을 종일 책임져야만 했다. 좁은 방에서 세 끼를 먹고 싸고 지쳐 누웠다 화들짝 깨어나곤 하면서 하루를 보냈고,

동생이 조금 이상하게 울기라도 하면 겁에 질려 잠긴 문고리를 마구 흔들어댔다. 어두워지기 시작하면 더욱더 무서워진다. 문밖에서 무슨 소리라도 나면 가슴이 두근거리고, 적막하게 아무 소리도 안 들리면 안 들리는 대로 또 긴장된다. 나중엔 동생 숨소리에마저 깜짝깜짝 놀란다. 엄마 아빠는 안 오고 동생은 지쳐 잠들어 있는 깊은 밤, 어둠은 어린 소금인형의 육체를 바위처럼 짓누르고, 나중엔 손가락 하나 까딱할 수 없는 아득한 무력감이 밀려와 몸서리친다.

이야기가 흘러나오는 동안 교실은 예의 바른 침묵으로 고요했다. 내가 가장 사랑하는 시간이다. 이윽고 교실 곳곳에서 울음소리가 들렸다. 그녀는 수없이 눈물을 쏟아내며 울음 섞인 목소리로 겨우겨우 말을 이었다. 지금도 어스름이 깔리는 저녁 시간이면 미치도록 힘들어진다고 했다. 온몸을 옥죄어오는 불안감을 견딜 수 없어 저녁만 되면 쇼핑센터나 백화점에 가서 시간을 보낸다고 한다. 자기 치부를 금세 알아볼 것만 같아 여자 친구는 거의 사귀지 못했다.

저녁만 되면 외로움을 견딜 수 없어 불러냈던 남자 친구들, 그들을 계속 잡아놓기 위한 술주정과 무분별한 섹스, 그러나 아침이면 자신이 저지른 일에 놀라며 차갑게 먼저 돌아선 기억들……. 소금인형은 그중에서도 가장 기억에 남는 한 남자 이야기로 말을 이었다.

언제나 기꺼이 달려와 주었던 남자였다. 그러나 어느 날 마침내 그 남자마저 그녀의 변덕에 지쳤다. "도대체 너에게 나는 뭐냐"며 남자는 절규했고, 그녀도 불안하고 막막할 때만 그를 불러왔으므로 자신이 그를 사랑하는지 아닌지 알 수 없었다. 결국 진저리치게 싸우다 헤어지고 말았고, 헤어진 그 남자에게 너무 미안하단다. 시간이 흘러 회사에서 잘 대해주던 동료를 만나 사귀고 결혼했지만, 그녀는 여전히 혼자라는 느낌이고 아이를 갖는 것이 두렵다고 했다. 그만큼 아무 관심도 가지 않는 지금 남편에게도 말할 수 없이 미안하다고 했다.

"부모님을 지금은 다 이해해요. 워낙 형편이 어려웠으니까 그렇게밖에 할 수 없었다는 거 알아요. 근데, 언젠가부터 너무 화가 나 견딜 수가 없었어요. 엄마 아빠는 내게 너무했어요. 내가 얼마나 외로웠는데, 얼마나 무서웠는데……. 그래요, 머리론 이해해요. 하지만 엄마에게 단 한마디라도 미안하다는 말을 듣고 싶어요. 암만 해도 용서가 안 돼요."

그날, 사람들은 부모의 입장에서 소금인형을 위로하면서 부모를 미워하는 게 그녀 잘못이 아니라고 말해주었고 당신만이 아니라 나도 이런 경험을 했다며 비슷한 고통을 털어놓기도 했다. 그녀는 '지지'를 받았다. 그녀의 고백과 항의는 '수용'되었다.

폭포 같은 눈물을 흘린다고 해서 단숨에 모든 게 정화되진 않는다. 해소와 치유는 다르다. 그녀는 혼자 쌓아온 외로움과 분노를 모두 토해놓음으로써 가슴의 상처를 해소할 수 있었다. 하지만 정말 그녀 마음이 가라앉으려면 속내를 털어놓은 그녀 자신이나 주변에서 이야기를 들은 사람이 조바심쳐선 안 된다.

그 후 소금인형은 프로그램에 참여하는 모습이 확 달라졌다. 전에는 남의 말에 그다지 귀 기울이지 않았고, 더욱이 남의 상처에 대해 조언을 하거나 의견을 말하는 경우가 없던 그녀였다. 그런데 회기가 지날수록 남들 이야기에 먼저 질문을 하거나 그건 아니라고 의견도 제시하는 등 적극적이 되었다. 당연히 표정도 훨씬 밝아졌다.

　이제 그녀는 치유된 걸까? 소금인형은 한 번만이라도 어머니에게 미안하다는 말을 듣고 싶다고 했다. 사과를 받고 싶은 게 아니다. '너의 외로움과 무서움과 절망감을 다 안다'고 하는, 진정한 이해를 바탕으로 한 연민, 따뜻한 연민을 받고 싶은 것이다. 스스로 철학적 소양을 쌓아 고고하게 의연해진다면 모를까, 상처로 구멍 뚫린 가슴은 일단 채워지는 형식을 통하지 않으면 완전히 치유되지 않는다.

　소금인형은 어린 날 그토록 원했던 엄마의 보살핌과 따뜻한 손길을 이제라도 느껴야 한다. 엄마에게 단 한 번만이라도 미안하다는 말을 듣고 싶다는 건 엄마를 용서하기 위해서 필요한 절차가 아니다. 그녀는 이제라도 채우고 싶은 것이다. 그래야만 마음속에서 여전히 외로워하고 있는 저 어린 여자아이의 슬픔을 달랠 수 있다. 상처 입은 사람들이 머리로는 이해하는데 가슴으로 받아들이지 못하는 것은 현실의 이성적 자아 저 안쪽에 '상처 입은 그 순간'의 옛 자아가 고스란히 남아 있기 때문이다. 그 옛 자아는 지금 나와는 별개의 인격체다. 이해하는 건 지금의 나일 뿐이다. 지금의 내가 자유로워지려면 옛 자아를 달래주어야 한다. 지금 나는 옛 자아의 어머니인 것이다.

소금인형도 마지막으로 한 번 더 적극적으로 다친 곳을 치유해야 했다. 어머니에게 자기 슬픔과 분노를 이야기하고, 미안하다는 말을 요구해야 했다. 7회기 때 나는 추석 쇠러 고향집에 내려간다는 그녀에게 이번에 가면 부모와 '맞짱'을 떠보라고 했다.

"할 수 없을 것 같아요. 이미 다 지난 일이잖아요."

"아니요, 지나지 않았어요. 자기 안에 있는 여자아이에게 물어보세요."

8회기 수업이 모두 끝나고 나서 얼마 후, 소금인형이 전화를 걸어왔다. 추석에 내려가 어머니와 많은 이야기를 했다고 한다. 어렸을 적 그 방에서 지독하게 외롭고 무서웠노라고 말했고, 엉엉 울었다고 한다. 어머니가 미안하다고 말했단다. 눈물을 흘리며 연거푸 미안하다면서 하염없이 등을 쓰다듬어주었다고 했다. 그녀는 그런 어머니의 손을 꼭 잡아드렸다고 한다. 위로를 갈구하던 어린아이가 이제 어머니를 위로할 수 있게 되었다.

02

타인의 아픔

"당신의 마음속 무게를 온전히 이해하는 이로
부터." 다른 사람들은 주인공 여공의 아픈 회
상에 귀 기울일 때, 한 사람은 소설 속 주변 인
물인 오빠의 쓸쓸한 뒷모습에 가슴 아파하고
있었다.

신경숙의 《외딴방》을 읽고 오는 날이었다. 이 책을 가지고 이야기하는 시간이면 나는 으레 이렇게 말문을 연다. "책이 좀 두꺼워서 읽기 편하지 않았을 것 같은데, 어떠셨어요?"

이 책 초판본은 원래 두 권으로 나왔지만 요즘은 두툼하게 한 권으로 묶여 나온다. 요즘 사람들은 가벼운 책을 선호하는데 이 책은 분량부터가 만만치 않다. 하지만 꼭 책 두께 때문에 이런 말로 시작하는 건 아니다. 이 책은 자전적 소설로 저자의 어둡고 우울한 내면이 많이 드러나 있다. 그런 이야기들을 읽어가는 데 부담은 없었느냐는 물음을 넌지시 던져보는 것이다. 그러면 여러 대답들이 나온다. 진도가 잘 안 나갔다는 사람, 쭉쭉 단숨에 읽혔다는 사람, 자전소설이라 그런지 옛날 생각이 나면서 쉽게 젖어들었다는 사람……. 그러면 내가 이어서 말한다.

"이 소설에는 개인적인 문제에서부터 당시 사회상까지, 여러 가지 의미가 담긴 사건이 많이 나옵니다. 그 이야기들 중에 어떤 대목이 가장 와 닿았는지부터 한번 얘기해보지요."

가장 와 닿았던 이야기는 곧 읽는 이 자신의 마음을 반영한다. 다른 사람은 저 이야기에 관심이 가는데 나는 이 이야기에 관심이 간다. 그건 이 이야기가 내 어떤 감정이나 가치관과 연결되어 있기 때문이다. 그리고 더 들어가보면 내 마음 깊은 곳에 숨은 상처와도 이어져 있을 수 있다.

《외딴방》에 대한 독후감은 주로 가난이나 열등감으로 초점이 모인다. 나도 이야기의 방향을 그쪽으로 생각해두지만, 사람들이 먼저 자연스레 그런 이야기를 펼친다. 가난해서 정규 고등학교로 진학 못한 여자, 직업훈련원을 거쳐 여공이 된 후 산업체 특별학급에서 겨우 공부를 하게 되는 여자가 주인공이기 때문이다. 이날도 가난 때문에 겪었던 소외와 외로움, 자기 안에 있는 열등감과 자격지심에 대한 이야기가 흘러나왔다. 이야기가 어느 정도 풀렸을 때 내가 사람들에게 말했다.

"작가인 신경숙 씨의 정서는 어떻게 느껴지세요? 이 소설이 자전소설인 만큼 작가 자신을 들여다보는 것도 의미 있는 것 같아요. 일단 작가의 정서가 상당히 우울해 보이지 않아요? 옛 기억들에 여전히 아파하고 있는 것 같기도 하구요."

사람들은 내 말을 받아 이 작품을 통해 느낀 작가의 정서나 인생관에 대해 이야기했다. 참 다양한 이야기들이 쏟아졌고, 그만큼 수차례 피드백이 오갔으며 그러는 사이 신경숙은 어디 멀리 있는 타인이 아니라 바로 우리 곁에 앉아 함께 커피를 마시며 아픔을 나누는 집단원의 하나로 살아 있었다.

"우리는 이 소설을 통해 많은 것을 느끼고, 또 저마다 열등감이나 자격지심을 털어놓고 치유하는 시간을 가졌습니다. 그 보답으로 이번엔 우리가 작가에게 손을 내밀어보면 어떨까요? 책에서는 충분히 극복한 감정이라고 표현했지만 혹시 가슴속에 떠나보내지 못한 과거의 기억을 안고 살아가고 있다면, 그래서 아직도 아파하고 있다면, 이 분을 위로하고 지지해주는 글을 써서 감사하는 우리 마음을 전하면 좋을 것 같은데……"

때때로 나는 그날 분위기와 흐름에 따라 저자에게 편지를 써보자고 제안하기도 한다. 편지는 일대일 대화다. 편지에는 여러 사람들 앞에서 책 읽은 감상을 이야기할 때는 미처 꺼내놓지 못했던 내밀한 자기 감정을 드러낼 수 있다. 그런데 이날 편지를 쓰게 한 건 대화 방향을 넓히기 위해서는 아니었다. 앞에서 충분한 이야기를 나누었고 수업 시간도 어느 정도 다 되어갔기에 마지막 정리를 편지 쓰는 걸로 하려는 것이었다.

그런데 자기가 쓴 편지 글을 발표하는 시간에 한 사람이 "교수님,

저는 작가가 아니고 소설 속 주인공의 오빠에게 편지를 썼어요"라고 말했다. 흥미가 생겼다. 또 다른 이야기, 또 다른 가슴속 이야기가 나오는 순간이었다.

독서치유 시간에 상처는 이처럼 매 순간 새롭게 올라온다. 앞에서 책과 관련된 이야기가 모두 다 나온 것 같았지만, 사실 '모든'이라는 게 어디 있겠는가. 여전히 깊은 곳에 잠복해 있는 기억들, 또는 느닷없이 솟구쳐 오르는 아픈 상처란 늘 있는 법이다.

이런 이야기는 건너뛰면 안 된다. 찌가 흔들리면 단숨에 낚싯대를 잡아채듯, 귀하게 잡힌 이 이야기의 본질을 수면 위로 올라오도록 해야 한다. 그래서 음지에 가둬둔 동안 고여서 썩을 대로 썩은 악한 냄새를 날려 보낼 수 있도록 물꼬를 터주어 흘러가게 해야 한다.

"왜 작가가 아닌 오빠에게 쓰고 싶었는지 말해주실 수 있나요?"

그러자 본인 역시 자기 이야기를 해보고 싶다고 했다. 그녀의 닉네임은 바다. 40대 중반 기혼 여성이었다. 바다는 1남 1녀 가운데 장녀다. 그녀 집은 소설 속 주인공이 처한 형편보다 훨씬 가난했다. 바다는 전교에서 1, 2등을 할 정도로 공부를 잘했지만 남동생은 바닥에서 기는 실력이었다. 그런데도 어머니는 남동생은 인문계 고등학교에 보내면서 바다는 상업고등학교에 들어가게 했다. 바다는 대학에 너무나 가고 싶었지만 어머니의 억압에 눌려 여상에 들어갔고 집안을 위해 돈을 벌어야 했다.

가고 싶었던 인문계 고등학교에 못 들어간 게 너무 화나고 억울해서 처음에는 공부를 안 했다. 하지만 그래봐야 자기만 손해라는 생각에 나중에는 열심히 공부해서 은행에 취직했다. 거기에서 지금의 남편을 만났고 현재까지 부족함 없이 잘 살고 있다. 그래도 대학에 진학하지 못한 게 못내 아쉬워 지금은 방송통신대학을 다닌다.

　이야기를 듣고 보니 짐작이 되었다. 사실 40, 50대 여성들을 대상으로 집안을 일으켜 세워야 하는 막중한 임무를 지닌 장남을 위해 얼마나 많은 희생을 강요받았는지 말하는 대회를 열면 줄이 끝도 없이 이어질 것이다. 몇 해 전 한참 인기를 끈 드라마 〈육남매〉를 기억한다. 지금도 다른 내용은 잘 기억이 나질 않는데 첫딸 숙희가 오빠와 남동생들을 위해 고등학교 진학을 포기하고 가발 공장에 일하러 가야 하는 처지에 놓였던 이야기가 또렷이 떠오른다. 밤새도록 이불을 뒤집어쓰고 울던 숙희. 어쩌지 못하는 인생의 한계 앞에서 절망으로 치를 떨며 두 눈이 퉁퉁 붓도록 울던 그녀의 아픔이 고스란히 내 울음으로 새겨졌다. 맏이라서, 또는 부모의 남존여비 관념이나 그밖에 어쩔 수 없는 가정형편 때문에 꿈을 희생하는 사람이 있다. 자기의 사사로운 욕망은 저 깊이 묻어둔 채 가족을 위해 청춘을 바치는 사람.

　그런 사람이 나중에 자기희생에 대해 정당한 인정을 받는 경우는 의외로 많지 않다. 설령 가족들에게서 고맙다는 말을 듣는다 하더라도 이루지 못한 꿈과 지나가버린 청춘에 대한 회한은 남게 마련이다.

"그래서 주인공보다는 그 오빠의 처지가 더 가슴에 와 닿았군요?"

내 말에 바다는 고개를 끄덕이며 젊음을 희생한 그 오빠가 지금은 어떻게 사는지 정말 궁금하다고 했다. 소설에서 주인공의 오빠는 동사무소 직원으로 돈을 벌고 야간대학을 다니며 동생들을 보살핀다. 시골에 사는 부모 대신 서울의 좁은 단칸방에서 동생들을 데리고 지내며 직장에 다니게 하고 공부도 시킨다. 방위병으로 입대한 후에도 퇴근하면 가발을 쓰고 과외 선생 노릇을 하며 돈을 벌어야 하는 처지다. 그 때문에 오빠의 애인은 지쳐서 선물 받은 목걸이까지 돌려주며 떠나가버리고, 오빠는 "누가 내 뒤를 딱 1년만 봐주면 정말 열심히 고시 공부에 도전해볼 텐데" 하면서 동생들 앞에서 딱 한 번 쓸쓸하게 한탄한다.

가엾은 큰오빠. 돌아서서 또각또각 걸어가는 가는 허리의 여자를 가발을 쓴 오빠가 따라가서 돌려세운다.

"꼭 이래야겠어?"

"지쳤어요."

여자는 다시 돌아서서 간다. 밤바람 속으로 사라지는 여자를 오빠는 바라보고 섰다. 어깨를 내려뜨리고, 그러나 얼굴은 똑바로 들고서.

—《외딴방》에서

나는 바다에게 소설 속 오빠가 어떻게 돼 있기를 바라느냐고 물어

보았다. 바다는 오빠가 나름대로 성공한 위치에 있었으면 좋겠고, 무엇보다 옛날을 회상하면서 자기가 그때 참 잘했다고 스스로 만족할 수 있었으면 좋겠다고 말했다. 새벽안개 속에 걸어가는 오빠의 뒷모습이 너무 가슴 아팠단다. 혹시라도 오빠가 잘 못살고 있으면, 그리고 동생들 뒷바라지한 것을 후회하면서 '너희들 때문에 내가 이렇게 살고 있다'고 원망이라도 하고 있다면, 그건 자기 소망마저 배신하는 거라고, 정말 그렇게 돼 있지는 않았으면 좋겠다는 것이다. 바다는 눈물을 흘리면서 말했다. 교실이 숙연해졌다.

"바다님은 어떠세요? 동생을 위해 꿈을 포기하고 지금까지 살아온 것을, 아까 오빠에 대해 말한 것처럼, 바다님은 만족하고 계세요?"

"……아니요."

"그래요? 왜요?"

자신이 그렇게 했는데도 남동생이 별로 잘되질 못했다고 한다. 그래서 억울하다는 것이다. 자신의 희생이 아무 역할도 하지 못했다는 데 허무함을 느끼는 것 같았다. 더군다나 남동생은 누나가 여상에 간 것을 딱히 희생이라고 여기고 있지 않았다. 누나니까, 여자니까, 그때 형편에 그럴 수 있는 거 아니냐고 대수롭지 않게 생각한다는 것이다. 남동생은 특별히 못되거나 이기적인 사람은 아니란다. 다만 누나의 입장을 잘 헤아리지 못하는 것이다. 누나로서는 희생이었는데, 남동생에겐 누구에게나 있을 법한 그저 그런 일인 것이다. 어머니도 바다에게 특별히 미안한 마음은 없는 모양이었다. 잃어버린 시간보다 더 가슴 아픈 건 바로 그런 점일 것이다.

사람에게 가장 중요한 건 자기가 한 일의 정당성을 인정받는 것이다. 인정받고 싶은 마음은 생색내는 것과는 다르다. 사람은 자기 행위에 의미가 있기를 바란다. 자기 욕망을 포기하면서 누군가를 위해 헌신했는데 정작 그 수혜자에게는 그 일이 아무것도 아닌 것이 된다면 그 시간은 의미 없는 시간이 되어버린다. 체념하느라 힘들었던 시간보다 그 허망함이 더 견디기 어렵다.

자기 존재의 정당성, 자기 행위의 정당성.

따지고 보면 사람들이 받는 상처의 대부분이 이와 관련돼 있다. 누군가에게 인정받으면 불속에라도 뛰어들 수 있는 게 인간이지만, 인정받지 못하면 소외감을 넘어, 고통을 넘어, 증오로까지 이어지고 마음이 피폐해진다.

양귀자의 소설 〈한계령〉에는 《외딴방》에서처럼 가족을 위해 헌신한 오빠가 나온다. 소설의 화자는 그 시절에 오빠는 신과 같았다고 회상한다. 동생들에게 일어나는 문제를 모조리 도맡아 해결해주었고, 부모마저 의지하던 든든한 장남이었다. 이 오빠는 다행히 가족 모두에게 그 희생을 인정받았다. 부모도 동생들도 모두 오빠의 희생을 고마워하고 미안해한다. 그런데도 소설에서 오빠는 매우 힘들게 현실을 견디고 있다. 왜 그럴까? 이제는 아무도 자기에게 의지하지 않기 때문이다.

동생들만 대학에 보내고 자기는 공부를 하지 못한 것도, 힘들게 막노동을 한 것도 다 견딜 수 있었는데 이제는 아무도 자기에게 의존하지 않자 뒤늦게 인생의 허망함을 느끼는 것이다. 그래서 오빠는 자꾸 과거를 돌아본다. 거기에 자신의 영광과 자부심이 있기 때문이다. 가족들이 자기 도움이 필요 없을 만큼 잘 살게 된 지금, 오빠는 오히려 꿈과 의욕을 잃어버렸다. 그래서 새삼 아버지의 산소도 찾아가고 조만간 추도식도 하려고 한다. 주변에 많은 아버지들, 아니 장남들이 술잔을 기울이며 바람에 날아가는 허한 목소리로 "내가 왕년엔 말이야……"라며 그 찬란한(?) 과거를 뒤지는 것처럼 말이다. 과거에 매달릴 때만 자신의 존재 가치가 확인되기 때문이다.

바다는 자기 가족들이 고마워하지도 않고 지금 잘살고 있지도 않아 억울한데, 이 오빠는 자기의 희생으로 다들 잘살게 되었고 그것을 모두 고마워하는데도 허망해한다. 사람 마음은 이렇게 복잡 미묘하다.

끝나가던 수업이 바다의 말로 인해 잠시 숙연해지긴 했지만 이날 분위기는 사실 크게 무겁지는 않았다. 바다의 현재 삶이 그만 하면 안정돼 있기 때문이었다. 그리고 바다는 대학에 진학하지 못한 게 한이지만 그런 응어리를 지닌 채 바다의 말에 공감을 해줄 만한 사람도 많이 있었다. 바다 나이쯤 된 여성이라면 대개 그렇다.

바다의 말이 끝나자 "나도 여상 나왔는데……" "나도 대학 가고 싶었는데……" 하면서 갑자기 학벌 콤플렉스 경연장 같은 말들이 쏟아졌다. 그러나 그렇게 바다 말에 공감한 사람들에게 그건 이미 현재의 상처가 아니었다. 바다 자신만 해도 여상 졸업 후 현재까지 크게 부족함 없이 살아왔으므로 대학에 들어가지 못한 데 대해서는 낭만적 동경으로 아쉬움을 가질 뿐이지 견딜 수 없는 한으로 남아 있지는 않았다.

이날 수업은 무엇보다도 '자기 상처를 통해 타인을 이해'해본 데 의미가 있었다. 바다가 쓴 편지의 마지막 구절은 이랬다.

"당신의 마음속 무게를 온전히 이해하는 이로부터."

다른 사람들은 주인공 여공의 아픈 회상에 귀 기울일 때, 한 사람은 소설 속 주변 인물인 오빠의 쓸쓸한 뒷모습에 가슴 아파하고 있었다. 그의 발걸음에 실린 무게를 누구보다 잘 알기 때문이다.

빛깔과 무게가 다를 뿐 사람은 누구나 자기만의 상처를 안고 살아간다. 그래서 '상처를 지닌 한 인간'으로 사람을 보기 시작하면 그 누구도 미워할 수가 없다. 심리치료는 기본적으로 자기 상처를 씻는 과정이지만 그 전에 남의 상처를 이해하는 일이다. 타인의 아픔을 내 것처럼 아프게 느낄 때 비로소 내 상처도 아물기 시작한다. 또 그런 공감과 이해를 바탕으로 나를 힘들게 했던 사람을 용서할 수 있다.

심리치료에서는 이를 일컬어 상처의 객관화라 부른다. 세상 사람들 누구나 나름대로 상처를 갖고 있다는 점을 깨달으면서 자기만의 상처에 갇혀 있던 주관적 감정을 승화시킬 수 있게 된다. 그제야 비로소 타인에게 기꺼이 손을 내밀 수 있는 것이다.

서로 미워하는 여자들

이유 없는 갈등은 없다. 저마다 마음 어딘가에 또렷한 이유가 깊이 감추어져 있을 뿐이다. 그것을 들여다보면 상대도 나만큼이나 아픈 상처를 갖고 있다는 것이 보인다. 어떤 관계이든 상대의 욕망과 상처를 이해하는 일에서부터 진정한 만남이 시작된다.

고부 갈등. 지긋지긋하게 흔하고 오래된 갈등이다. 이 싸움에는 승자가 없다. 시어머니, 며느리, 아들 셋 모두가 저마다의 입장에서 남모르는(아니, 세상 사람이 다 아는) 고통을 겪는다. 고부 갈등은 대개 여러 가지 미묘한 심리적 이유들이 바닥에 깔려 있다. 사실 관계 자체로는 상대를 미워할 이유가 전혀 없다. 소중한 아들의 아내를, 사랑하는 남편의 어머니를 미워할 까닭이 뭐 있겠는가. 그럼에도 현실에서는 무슨 원수라도 만난 듯 상대를 미워하고 싫어하고 경멸한다. 마음 어디에선가 처음부터 단단하게 꼬여 있기 때문이다.

김성동의 장편소설 《집》에는 고부 갈등을 해결해보려고 온갖 노력을 하다가 마침내 지쳐서는 "다 함께 불타 죽어버리자" "지옥이구나"

하고 절규하는 남편이 나온다. 고부 갈등을 한 번이라도 경험한 사람은 이 절규가 그리 과장된 게 아니라는 것을 알 것이다. 문제의 원인은 빤해 보이는데 도무지 해결의 실마리가 보이지 않는 데서 오는 막막함. 무엇보다 그 유치찬란한 대립을 일상 속에서 끊임없이 되풀이해야 한다는 데 대한 진저리. 그런 감정이 어느 순간 맹렬한 증오로 불타올라 다 같이 죽자! 하는 정도까지 이르면 거기가 지옥이다.

고부간 갈등을 푸는 건 사실 의외로 간단할지 모른다. 한 번쯤 들어보았을 옛이야기 속에 그 해법이 있다.

한 며느리가 시어머니의 구박을 견디다 못해 어느 무당을 찾아갔다. 그리고 자기 고통을 하소연하며 시어머니를 죽일 수 있는 비책을 알려달라고 했다. 무당은 가루약 한 봉지를 주면서 그것을 시어머니 밥에 매일 조금씩 섞어 먹이면 100일이 못 가 죽을 거라고 했다. 그러면서 나중에 죽었을 때 의심받지 않도록 이제부터 맛있는 음식을 대접하면서 극진히 모시라고 했다.

며느리는 집으로 돌아간 그날부터 매 끼니마다 고기반찬 등 산해진미를 준비해 가루약을 넣었다. 그리고 시어머니가 어떤 험한 말을 하더라도 깍듯이 순종했다. 100일만 참으면 된다고 생각하니 전에는 듣기 고역이던 욕설과 잔소리도 귓등으로 흘려 넘길 수 있었다. 시어머니는 며느리의 이런 달라진 태도에 의아했다. 무슨 말을 해도 공손하게 응대하고 매 끼니마다 맛있는 음식을 정성껏 차려 오니 영 딴사람 같았다.

'이년이 며칠 저러다 말겠지' 했는데 일주일이 가고 한 달이 가도 변함이 없었다.

마침내 시어머니도 그 정성에 감동했다. 보는 눈이 바뀌자 이제는 며느리가 하는 일이라면 뭐든 예뻐 보이기만 했다. 자연히 시어머니의 입에서 욕과 잔소리가 사라졌다. 오히려 며느리가 조금만 힘들어해도 손수 일을 거들어주고 따뜻한 위로의 말도 건넸다. 며느리 눈에도 이제 시어머니는 전혀 다른 사람이었다. 세상에서 가장 좋은 시어머니로 보였다.

100일이 가까워오자 며느리는 걱정이 되었다. 이렇게 좋은 시어머니를 죽게 만들 수는 없었다. 며느리는 무당을 찾아가 당장 해독약을 만들어달라고 간청했다. 그러자 무당이 웃으면서 말했다. "그거 사실 밀가루였어."

동화 같은 이야기이지만 그 내용은 현실과 맞닿아 있다. 가는 말이 고우면 오는 말도 곱다고, 실제로 한쪽이 이렇게 정성을 기울이면 상대방도 끝내 마음을 열게 마련이다. 어떤 관계이든 그렇게 좋은 감정을 주거니 받거니 해야만 화목해질 수 있다.

그런데 왜 이렇게 못 하는가? 조금 우스갯소리로 말하자면, 100일 만에 꼭 죽는다는 '희망'이 없기 때문이다. 기간만 정해져 있다면 죽은 듯이 지낼 수 있지만, '내가 잘하면 상대도 변하겠지' 하는 막연한 기대만으로는 '죽은 듯이'가 안 되는 것이다. 그러기에는 매 순간 받는 상처와 노여움이 너무 크다.

끝없이 서로 상처를 주고받으며 자기 불행을 모두 상대방 탓으로 돌리는 것이 고부 사이 갈등의 특징이다. 딱히 이거다 할 게 없이 복잡한 감정들이 두루 섞여 있기 때문에 고부 문제는 쉽게 해결되지 않는다. 그렇다면, 상대의 죽음을 기다리지 않으면서도 참을 수 있는 방법이 있을까? 지금 하고자 하는 이야기는 그 또 다른 길을 보여준다.

30대 중반의 주부 달빛. 치유 프로그램에서 자신을 달빛이라고 불러달라고 했던 그녀는 부유층이 사는 동네에 자리한 좋은 아파트에서 시어머니를 모시며 살고 있었다. 나이도 젊은데 대단한 부자인가 했더니 "내가 부자이면 좋게요" 한다. 부자인 건 시어머니이고, 남편은 D단지에 연구원으로 내려가 있는데 초임 연구원이라 박봉이어서 시어머니에게서 매달 생활비를 보조받고 있었다. 달빛이 결혼하기 전부터 시어머니는 모멸에 가까운 견제를 했다.

"네 친정에서 우리에게 어떤 식으로라도 절대 손을 벌리지 않겠다고 약속해야만 결혼을 허락하겠다."

달빛의 친정은 찢어지게 가난했던 것이다. 게다가 달빛의 부모와 형제는 모두 변변한 직업 하나 없이 근근이 먹고 살았다. 달빛은 결혼 전까지 패션 전문가로 직장생활을 했지만, 친정 식구들이 워낙 가난하고 사회적으로 내세울 게 없다 보니 마치 돈 보고 결혼한 여자라도 되는 양 처음부터 무시를 당했다. 달빛은 쪼들리는 가정 형편에도 남들에게 뒤지지 않기 위해 열심히 자기계발을 해서 사회에서 인정받는 직업인으로 성장했다. 그녀는 그런 자신을 이렇게 대놓고 무시하는 시어머니의 처사에 모멸감을 느꼈고 처음부터 잘못 끼워진 단추라고 생각했다.

시어머니는 엘리트 여성이라고 할 만한 분이었다. 그 연배에서는 흔하지 않게 대학을 졸업했고, 늘 문화센터에 다니며 꾸준히 무언가를 배웠다. 게다가 패션에 대한 안목이 패션을 전공한 며느리 못지않게 높았다. 특히 명품에 대해서는 가난한 며느리로서는 접해보지 못한 다양한 식견을 갖고 있었다. 명품 브랜드를 줄줄 꿰고 있는 시어머니 앞에서 달빛은 뜻 모를 열등감을 느꼈던 적이 한두 번이 아니다.

이 때문에 달빛은 "시어머니가 차라리 세상 물정에 어두운 시골 할머니라면 좋겠어요" 할 정도로 매사에 주눅이 들어 있었다. 한편, 달빛은 자식에 대한 애착이 대단했다. 아니, 애착이라기보다는 집착에 가까웠다. 12회 치유 프로그램에서 두 번 결석했는데, 그것이 모두 아이들을 챙기는 일 때문이었다. 그런데 아이들에 대한 달빛의 이런 집착도 시어머니와 관계가 있었다.

"너희 집에서 너 하나 겨우 용 났지 나머지는 온통 무능력자들뿐이다. 네가 낳는 아이도 그쪽 닮을까 걱정이다."

달빛이 첫 임신을 했을 때 시어머니에게 들은 말이다. 며느리 집안을 유전적인 차원에서부터 아예 인정하려 들질 않았다. 그 말은 엉긴 것처럼 늘 그녀의 마음을 불편하게 했다. 사실, 시어머니의 처사가 분명 잘못되었고 표현도 지나치게 왜곡되었음에도 그에 반박할 수 없는 자신이 더 한심했다. 꽤 똑 부러진다고 인정받으며 사회생활을 했던 자신의 성격으로는 "이것은 이래서 아니다"라고 말씀드려야 함에도 그럴 수 없는 자신이 미웠던 것이다. 그 감정을 다스리지 못해 결국 남편에게로 불똥이 튀었다. 남편이 돈을 잘 벌지 못하니까 시어머니에게 물질적 원조를 받을 수밖에 없는 상황에 대한 원망으로 말이다.

그러니 달빛은 아이들의 성적이나 예의범절 같은 것에 극도로 신경을 쓸 수밖에 없었다. 아이들의 성적이 곧 자기 성적이고, 아이들의 행실이 곧 자기 행실이었다. 아이들이 조금만 시어머니의 기대에 못 미치면 자기는 물론 친정 식구들 전체가 '그럼 그렇지, 그 피가 어디 가겠어?' 하는 경멸의 눈길을 받게 돼 있는 것이다.

시어머니가 이처럼 도도하고 냉소적이었으니 달빛이 받는 스트레스는 보통이 아니었다. 시어머니 앞에만 서면 주눅이 들었고, 자격지심과 방어심리에 치여 자존심은 멍이 들대로 들어 있었다. 상황이 비합리적으로 돌아간다는 것을 알면서도 시어머니의 일거수일투족에 초조해하며 길들여지는 자신이 이해가 되지 않아 버겁고 분노가 치솟았다.

당연히 시어머니에 대한 미움도 골이 깊었다. 형편없는 며느리에게 아들을 빼앗겼다고만 생각하는 시어머니에게 서운함을 넘어 적대감까지 가지고 있었다. 부부끼리 시간을 보내고 싶은 기념일이 되면 시어머니 눈치를 보느라 힘들었고, 시어머니와 갈등으로 남편과도 멀어지는 듯해 차츰 남편 앞에서는 아예 시어머니 이야기를 꺼내지 않게 되었다.

달빛은 시어머니가 빨리 돌아가시기만 바란다고 솔직한 속내를 털어놓기도 했다.

그 때문에 집 밖에서도 인간관계가 매사에 부정적이 되어갔다. 달빛은 어려서부터 먹고사는 데만 급급했던 부모에게 충분히 사랑을 받지 못했다고 느꼈고, 결혼을 하면 시어머니에게 듬뿍 사랑을 받으리라 기대했는데 그런 바람은 산산이 부서졌고, 오히려 시어머니의 어른답지 못한 언사로 상처를 받은 뒤로는 인간에 대한 신뢰마저 무너졌다. 달빛은 사람들에게 정이 가지 않고 어떤 말을 들어도 믿기지 않는다고 했다. 공연히 남의 눈치만 보게 되고, 아이들 반 학부모 모임에 가도 당당하지 못하고 집에서처럼 주눅 들어 있었다. 집에 돌아오면 그렇게 바보같이 군 자기 모습이 떠올라 스스로에게 화가 났다. 그러니 자연스럽게 어떠한 모임도 피하게 되고 스스로 고립되어갔다. 오히려 혼자가 편하다고 느껴질 만큼. 그런데 편안함 뒤에 허한 감정과 외로움이 밀려올 때는 '이런 걸 바란 게 아니었어. 내 인생이 이렇게 되길 바라진 않았어'라는 자괴감으로 힘이 들었다. 그런 성격이 되어버린 자신이 너무나 밉다고 했다.

그런 태도는 우리 모임에서도 마찬가지였다. 달빛은 6회기가 될 때까지 거의 말을 하지 않았다. 토론에 전혀 끼어들지 않았고, 냉소적인 표정으로 듣기만 하다가 어느 순간 갑자기 혼자 울곤 했다. 달빛이 처음으로 자기 이야기를 꺼낸 건 《우리들의 행복한 시간》을 이야기하던 날이었다. 엄마에게 버림 받고 힘들게 살아가는 은수 남매 이야기를 하면서 달빛은 눈물을 펑펑 쏟았다. 자기는 소설 속의 엄마와 달리 아이들에게 극진한 사랑을 베풀고 있다고, 그런데도 이상하게 마음이 슬프다는 것이었다. 그녀는 그때 어렴풋이나마 느꼈던 것 같다. 자기가 아이들에게 주는 관심과 사랑이 순수한 마음에서 우러나온 것이 아니라는 것, 시어머니로부터 자기 자신을 방어하기 위한 행위에 불과하다는 것을 말이다.

달빛은 자기 욕망으로 아이들을 다그치기만 했지 아이들이 바라는 게 무엇인지 진심으로 관심을 가져본 적이 없었다. 그러다가 소설 속 은수 남매의 불행한 모습에 자기 아이들이 오버랩된 것이다. 자기 아이들 역시 은수 남매처럼 어머니에게 버려진 것이나 마찬가지일지 모른다. 그런 생각 끝에 자신을 그렇게 만들어버린 시어머니에 대한 증오심, 진정한 사랑 없이 꼭두각시처럼 아이들을 훈련시켜온 자기 자신에 대한 혐오감으로 눈물이 쏟아졌던 것이다.

달빛이 자기 이야기를 털어놓은 건 그러고 몇 주 후《마당을 나온 암탉》을 읽고 토론하던 날이었다. 이 책은 알을 품어 병아리를 만들어보겠다는 소망을 갖고 살던 잎싹이라는 암탉 이야기다. 양계장에서 편하게 사는 것을 포기하고 마당을 나온 잎싹은 우연히 청둥오리의 알을 품게 되고, 자기 새끼도 아닌 청둥오리를 정성껏 키우면서 진정한 모성애에 눈을 뜬다. 잎싹은 다 자란 청둥오리를 떠나보내야 할 때가 되었을 때 고통과 외로움을 느낀다. 그러나 진정한 사랑이란 품에 데리고 정을 주는 것만이 아니라 자식의 삶을 있는 그대로 인정해주는 것임을 깨닫고는 의연하게 청둥오리를 떠나보낸다. 그리고 자신의 늙은 육체는 늘 자기를 노리던 족제비에게 기꺼이 내어준다. 족제비에게도 역시 먹여 살려야 할 새끼들이 있다는 것을 알기 때문이다.

《마당을 나온 암탉》을 읽고 오기로 한 날! 달빛은 환자처럼 부은 얼굴이었다. 무슨 큰일이 있었나 의아했는데 자기 감상을 이야기하는 시간에 그 궁금증이 풀렸다. 밤이 새도록 책을 가슴에 안고 울었다는 것이다. 잎싹이 안되어서, 잎싹이 너무 불쌍해서, 그리고 잎싹이 너무 자랑스러워서.

달빛은 이 책을 읽으면서 비로소 자기 시어머니가 이해되었다고 했다. 책을 통해서 자기와 대립 관계에 있던 사람을 이해하게 된다는 건 그리 흔치 않은 객관적 성찰이다. 자세한 이야기를 듣고 싶었다.

"이제까지는 시어머니가 왜 나를 사랑해주지 않는지, 왜 자기 아들만 중하게 생각하고 그 아들이 선택한 나에겐 그토록 이기적으로 구는지 이해가 되지 않았어요. 그런데 이 책을 읽다 보니 우리 시어머니에게 아들이 얼마나 절대적인 존재였는지를 알 것 같더라구요."

그러면서 달빛은 전보다 자세하게 시어머니 이야기를 들려주었다. 시어머니의 남편, 그러니까 달빛의 시아버지는 평생 돈만 아는 삶을 살다 갔다고 했다. 시어머니는 당신의 남편과 알콩달콩한 사랑을 나누기는커녕 가족으로서 끈끈한 정을 주고받지도 못한 것이다. 배운 것도 많고 나름대로 잘난 여성으로 살아왔기에 자식들에게 약한 모습을 보이지 않으려 애썼지만 때때로 혼자 소파에 앉아 우는 모습을 어린 자식들에게 들키기도 했단다. 달빛의 남편은 시어머니에게는 딸만 넷을 낳은 후 가진 유일한 아들이다. 시어머니는 막내인 아들을 통해 평생의 외로움과 공허감을 보상받고 싶었고 심정적으로도 많이 의지했던 것이다.

나는 초록머리가 떠나는 장면을 이야기하면서 결혼하던 날, 양가 어른에게 인사할 때를 떠올려보고 그때 마음을 정리해서 말해보자고 했다. 그러자 달빛은 잎싹이 그토록 사랑하던 초록머리를 떠나보낼 때 그 심정을 알 것 같다면서 울었다.

결혼식장에서 신랑 신부가 양가 부모에게 절을 올릴 때, 달빛은 어머니가 너무 불쌍해 보여 눈물을 흘렸다고 한다. 자기가 번 돈에서 얼마를 엄마에게 가져다드렸을 때 몹시도 미안해하며, 해준 것 없는데 이래도 되냐며 고개를 떨어뜨리던 어머니의 초라한 모습, 그리고 자신을 대견해했던 그 어머니를 이젠 떠나야 한다는 게 너무 가슴 아파서 화장이 번지는 것도 아랑곳하지 않고 울었다고 했다. 그런데 시어머니에게 절할 때는 그런 마음이 들지 않았단다. 내가 이런 친정어머니를 버리고 당신에게 가니까 당신은 나에게 고마워해야 한다, 그런 생각만 들었다는 것이다. 달빛은 처음부터 자신이 시어머니에게 거리를 두고 있었다는 것을 깨달았다.

"그런데 잎싹의 의연한 태도를 보면서 시어머니 생각이 들었어요. 우리 엄마가 나를 훌륭하게 키워 보내주셨듯이 시어머니도 남편 이상으로 의지하던 소중한 아들을, 눈물을 머금고 선물했다는 생각이 드는 거예요. 그렇게 생각하니까 소설 속 잎싹처럼 시어머니 역시 얼마나 슬프고 허전했을까 하는 게 느껴졌어요."

달빛은 아이가 둘이나 있으면서도 시어머니와 갈등을 겪느라 진정한 모성을 느낄 겨를이 없었다. 아이는 그저 보란 듯이 잘 키워 시어머니에게 내보일 무기에 불과했다. 그러다가 잎싹의 아름다운 헌신을 보면서 잊고 살았던 모성애에 대해 새삼 떠올리게 되었던 것이다. 그렇게 모성애를 느끼고 나자 비로소 자기 시어머니의 모성애도 이해되었다. 시어머니가 혼자 겪고 넘겼을 외로움, 허전함, 아들을 빼앗기는 듯한 마음을.

나는 달빛이 자기 마음을 더 깊이 정리해보도록 몇 가지 질문을 던졌다.

"만약 잎싹이 초록머리를 너무 사랑해서 떠나보내지 않고 계속 끼고 살았다면 초록머리의 삶은 어땠을 것 같아요?"

"그러면 안 되지요. 초록머리대로 자기 생을 살게 해줘야지요."

"잎싹도 그런 마음이었겠지요?"

"그렇겠지요. 떠나보내는 게 순리라는 걸 알았던 거지요."

"이제는 시어머니도 순리대로 아들을 떠나보냈으리라는 생각을 하시는 거네요?"

"네. 그분도 당연히 그랬겠지요."

"그럼 지금까지 시어머니가 보인 질투나 미움 같은 감정도 조금은 이해가 되시겠군요?"

"이해돼요. 더 중요한 건요, 그런 마음을 알고 나니까 이제는 제가 시어머니보다 위에서, 아니 위아래라는 표현은 틀린 것이겠고, 아무튼 지금까지는 시어머니가 말을 하면 못마땅해하면서 겁먹기만 했는데, 이제는 나처럼 맘 졸이고 힘들어했던 마음을 알겠으니까 여유로운 마음으로 대할 수 있을 것 같아요."

달빛의 표정은 이미 편안해지고 있었다. 두렵고 싫기만 했던 적이 여자와 어머니라는 같은 입장을 공유하는 동지로 여겨졌기 때문이다.

"그럼 이제는 오늘이 달빛님이 며느리를 맞는 결혼식 전날이라고 가정하고 그런 마음을 담아 아들과 며느리에게 편지 한 통씩 써보면 어떻겠어요?"

"그러고 싶어요. 지금은 그럴 수 있어요. 그런데 이 수업을 듣지 않았다면 그럴 수 없었을지도 몰라요. 나도 아들을 힘들게 떠나보내고, 그 다음엔 또 시어머니처럼 며느리를 미워하고 그랬을지도…… 정말 다행이에요. 선생님, 내일은 제가 쾌변을 볼 수 있을 것 같아요."

쾌변을 볼 수 있을 거라는 마지막 말은 어딘지 조금 우스웠는데, 웃는 사람은 아무도 없었다. '쾌변' 할 때의 '쾌'자가 그렇게 상쾌하게 들린 건 나도 처음이었다.

"변비가 있으세요?"

"네, 늘 그랬어요."

그날 수업은 거기에서 끝났다. 그 다음 주에 달빛은 교실에 들어서자마자 환히 웃었다.

"선생님, 저 정말 쾌변 봤어요."

변비라는 말은 화병만큼이나 그 자체로 참 상징적이다. 똥이 안 나온다. 먹은 것이 속에서 꽉 뭉쳐 똥으로 나오지 않는 증세는 심리적 스트레스와 관련이 있을 것이다. 달빛이 쾌변을 보았다는 건 굳어 있던 무엇인가가 풀어지고 있다는 얘기다.

"이제는 시어머니가 한 여자로 보여요. 나랑 같은 여자다 생각하니까 무섭지도 않고 하고 싶은 말도 많아지더라구요. 그래서 이제는 시장에서 귀걸이 하나를 사도 시어머니 것까지 같이 사요."

전에는 남편이 오랜만에 집에 돌아오면 단둘이서만 시간을 갖고 싶어 안절부절 못했다고 한다. 둘이 오붓하게 칵테일이라도 한잔 나누고 싶어 시어머니를 떼어놓기 위해 애썼다는 거다. 그런데 이제는 시어머니도 비슷한 욕망이 있을 거라고 생각된단다. 그래서 함께 외식을 하자고 먼저 권유했다고 한다. 그렇게 말하면서 참 편안했다는 거다. 며느리가 이렇게 변하자 시어머니도 서서히 달라졌다. 가족이 외식을 하고 돌아올 때면 시어머니가 먼저 며느리에게 말한단다.

"나는 애들 데리고 먼저 들어갈 테니까 둘이서 술이라도 한잔씩 하고 천천히 들어와라."

얼마나 바랐던 일인가. 전에는 나이도 많이 든 양반이 왜 이렇게 눈치가 없을까 싶을 정도였는데, 이제는 어머니가 알아서 둘만의 시간을 만들어주는 것이다. 또 언젠가는 불쑥 뮤지컬 티켓을 구해 와서는 "이런 것도 좀 봐야 한다"면서 건네기도 했단다. 전에는 시어머니의 지적인 면이 고압적으로 느껴졌는데 이젠 달빛 자신도 그렇게 늙어가고 싶을 정도로 멋들어져 보인다고 한다.

달빛이 느꼈을 기쁨과 행복감이 내 마음에도 고스란히 전해졌다. 미워하든 좋아하든 누군가에게 마음을 쏟으면 자기도 모르게 그 모습을 닮게 된다고 한다. 사실, 처음 만났을 때 달빛은 그녀가 묘사한 시어머니 모습처럼 도도하고 냉소적이었다. 그런데 달빛이 처음으로 자기 이야기를 꺼낸 6회기 이후로는 부쩍 밝아졌다. 옷차림도 화사해졌고 사람들에게 커피를 타다 주기도 하고 다른 사람 이야기에 관심을 보이며 덕담을 건네기도 했다. 이제는 얼굴도 무척 환하고 순해 보인다.

달빛의 이야기는 무당을 찾아간 며느리 이야기와 닮았다. 며느리가 잘해주니 시어머니도 며느리를 예쁘게 보게 되었다. 단, 달빛은 시어머니 죽기를 기다리며 잘 대한 게 아니라 깊은 이해에서 우러나온 마음이 겉으로 드러난 것이었다. 이유가 명확하지 않은 갈등은 해결책도 쉽게 보이지 않는다. 그러나 이유 없는 갈등은 없다. 저마다 마음 어딘가에 또렷한 이유가 깊이 감추어져 있을 뿐이다. 그것을 들여다보면 상대도 나만큼이나 아픈 상처를 갖고 있다는 것이 보인다. 상대방을 백안시하는 이유에서 바로 갈등의 실마리를 찾아낼 수도 있다. 그리고 어떤 관계이든 상대의 욕망과 상처를 이해하는 일에서부터 진정한 만남이 시작된다.

사람들은 "상처 없는 영혼이 어디 있으랴"라는 랭보의 시 구절에 공감한다. 또 사람은 누군가 자기 상처를 알아주기를 바란다. 상처를 이해받는 순간 짐승 같던 사람도 대번에 순해진다.

엄마를 그리워하는 엄마

그렇게 미웠던 어머니를 가슴에 품고서 민들레
는 갑자기 미역국이 너무 먹고 싶어졌다. 눈물
을 흘리며 미역국 한 그릇을 다 먹었다고 한다.
그건 아마도 자신을 낳아준 어머니에게 감사함
으로 대접해드리는 미역국이었고, 얼굴도 못 본
자기 아이에게 먹여주는 젖이었을 것이다.

딸아이가 고등학교 기숙사에 들어가기 전날, 이것저것 사야 할 것이 많아 함께 쇼핑에 나섰다. 그런데 딸아이는 같이 다니면서 내내 공연한 걱정을 하며 안절부절못했다. 자기 때문에 엄마가 힘들지 않은지, 엄마에게 경제적으로 부담을 주는 건 아닌지 걱정하는 것 같았다.

"엄마, 이렇게 비싼 건 필요 없는데……."

"엄마, 무겁지 않아요? 제가 들게요."

"엄마, 다리 아프죠? 제가 계산대 앞에 서 있을 테니까 저기 가서 좀 앉아 계세요."

남이 보면 나는 딱 동화 《신데렐라》에 나오는 계모다. 사소한 것까지 배려하면서 어떻게든 엄마를 편하게 해주고 싶어하는 딸아이를 보면서 가슴이 짠했다. 효심에 감동해서만이 아니다. 딸아이의 태도는 또래 아이들에 비해 훨씬 어른스러웠다. 그런 모습을 보면서 나는 조금 안타까웠다. 딸아이의 마음 어디쯤엔가 여전히 흉터 자국이 남아 있는 것만 같아서였다.

그 나이에는 철없이 떼쓰면서 자기 원하는 걸 사달라고 조르는 게 더 자연스러울 수도 있다. 마음에 구김살이 없어야 철없는 공주과도 되는 것이다. 딸아이가 다른 사람, 특히 엄마에게 보여주는 나이에 걸맞지 않은 배려, 이런 모습은 어린 날 주눅 들어 있던 시간의 잔영이 아닌지 가슴 한쪽이 시큰해졌다.

나는 스물세 살에 결혼해서 그 이듬해에 딸아이를 낳았다. 당시 남편은 대학을 졸업하고 다시 한의대에 입학해 늦공부에 열을 올렸다. 나는 이른 나이에 결혼해 혼자 집안 경제를 책임져야 하는 부담감에다 자아성취에 대한 욕망에도 시달렸다. 딸아이를 소중하게 생각했지만 따뜻하고 자상하게 보듬어 안아줄 만한 마음의 여유가 없었다. 그런 와중에 나는 딸에게 너무 큰 잘못을 저질렀다. 아이를 보살피기보다는 '관리'한 것이다.

나는 엄격한 엄마였다. 일곱 살배기 아이에게 매일 공부할 양을 정해 숙제를 내주고 이를 다 해내지 못하면 크게 혼냈다. 방을 어지럽히는 것도 허용하지 않았고 집안일도 어려서부터 거들게 했다. 나는 아이에게 끊임없이 무언가를 지시했고 자기 행동에 책임을 지도록 다그쳤다. 아이가 기죽은 표정을 지으면 당당하지 못하게 눈치나 살핀다고 야단쳤다. 그러면서 난 이런 일이 혹독할지는 몰라도 모든 게 '딸을 위한' 거라며 스스로 정당화했다. 내 욕망을 아이에게 전가하고 있다는 생각은 추호도 하지 않았다.

그러던 어느 날, 하룻밤 사이에 아이의 머리카락이 우수수 빠져버렸다. 원형탈모증이었는데, 어느 한 군데 뭉텅 빠진 것도 아니고 머리카락 전체에서 절반 정도가 빠져 듬성듬성 흉측하게 남아 있었다. 충격이었다. 내가 크게 놀란 것은 말할 것도 없고, 아이 역시 자기에게 벌어진 일이 무엇인지 정확히 모른 채 그저 두려움에 떨었다.

그제야 정신이 번쩍 들었다. '이건 마음에서 오는 병이다.' 원형탈모증 때문에 찾아간 병원에서도 아이를 소아정신과에 데려가보라고 권했다. 소아정신과…….. 일곱 살배기 아이에게 정신과 치료를 받게 하다니, 내가 대체 무슨 일을 저지른 것일까. 내 마음의 열등감과 자기 비하, 삶의 무게를 버거워했던 건강하지 못한 내 안의 그림자가 고스란히 그 아이에게 드리워져 있었던 것이다. 며칠 동안 나는 먹을 수도 잘 수도 없었다. 내가 아이를 얼마나 무심하고 이기적으로 대해왔는지, 아이가 얼마나 큰 심리적 압박을 받아왔을지 비로소 깨달았다. 눈물이 쏟아졌다. 항암치료라도 받는 사람처럼 머리카락이 온통 빠져버린 아이를 보고 있으면 가슴이 찢어질 것만 같았다.

아이를 처음 소아정신과에 데려가던 날 아침, 나는 딸아이 앞에 무릎을 꿇었다. 오만하고 거칠게 아이를 다그친 엄마를 용서해달라고 진심으로 빌고 싶었다.

"미안해, 정말 미안하다. 다 엄마 때문이야. 내가 엄마 노릇 제대로 못해서, 지금 엄마 혼나러 병원에 가는 거야. 그런데 혼자는 무서워. 네가 같이 가주면 엄마 이길 수 있을 것 같은데……."

어떻게 이 아이의 상처를 씻어주어야 할지 그 생각뿐이었다. 아이 가슴에 무수한 칼질을 하고 있다는 걸 자각하지 못한 내 어리석음이 용서되지 않았다. 여전히 무언가 두려워하면서도 아이의 눈에 한줄기 안도의 빛이 스쳤다. 이윽고 아이가 주르르 눈물을 흘렸다. 내 엄격함 앞에서 보이던 굳은 표정이 아닌, 엄마 품에 와락 안기는 일곱 살 아이다운 눈물이었다. 그러고는 고개를 끄덕여주었다.

"응, 엄마. 나 할 수 있어. 같이 가."

아아, 얼마나 다행인가. 하느님, 고맙습니다. 단숨에 무너져 내리는 아이의 눈물이 그렇게 고마울 수가 없었다. 내 안에 안겨 오는 그 아이의 믿음이 그렇게 감사할 수가 없었다. 그리고 우리는 서로를 세워주는 그 믿음을 바탕으로 손을 꼭 잡고 그 어두운 터널을 나왔다.

쇼핑을 끝내고 딸아이와 함께 걸었다. 교복 치마도 바꿀 겸 교복점까지 걸어가는데 딸아이가 팔짱을 껴왔다. 그러면서 말한다.

"엄마! 그거 알아요? 엄마랑 같이 걸었던 길, 내가 일곱 살 때인가, 개구리소년 빰빠밤~ 하면서 노래 부르고 걸었던 길이요. 기찻길도 있었고, 엄마랑 같이 침목뛰기도 하고 그랬었는데, 그런데 그 길이 없어진 거 있죠?"

"그 길 없어진 거 어떻게 알았어?"

"한번 가봤어요. 가보고 싶어서……. 옛날 생각이 나서, 근데 없어져서 기분이 좀 그랬어요."

다시 가슴이 뭉클해졌다. 딸아이도 그 길을 기억하는구나. 그래서 가보고 싶었구나. 이 아이도 없어진 그 길 앞에서 나처럼 허했겠구나. 나에게 의미 있는 공간이 딸아이에게도 같은 의미로 기억되고 있다는 것이 기뻤다. 그 길은 아이가 정신과 치료를 받던 그 시기에 함께 자주 걸었던 길이다. 속죄하는 마음으로 아이의 영혼과 만나려고 손을 잡고 걸었었다. 함께 노래도 하고, 게임도 하고, 꽃반지도 만들어주면서 아이의 눈높이로 내려가 많은 이야기를 나누었더랬다. 그 시기는 아이만이 아니라 내 영혼도 새롭게 정화되던 때였다.

"엄마, 이렇게 엄마랑 걷는 거…… 너무 좋아요. 엄마가 내 곁에 이렇게 있어주는 것만으로도, 내가 보면 언제나 그곳에 있다는 것만으로도 좋아."

아이는 팔짱을 낀 팔에 좀더 힘을 준다. 아! 하느님, 이런 아이를 제 딸로 보내주셔서 감사합니다. 엄마란 어떤 존재일까? 어떻게 엄마라는 몫을 감당해야 하는 걸까? 엄마는, 가장 믿을 수 있으면서도 가장 깊은 상처가 시작되는 근원이라 여겨진다.

어느 여름날 만난 민들레, 그녀의 오래된 상처는 나에게 '엄마가 무엇인가?'를 다시 생각해보게 해주었다. 토론 모임에서 처음 만났을 때, 민들레는 정갈한 느낌을 주는 40대 후반 여성이었다. 같은 여자가 봐도 매력적이라 느낄 만큼 곱고 이지적이어서 뭔가 아주 멋진 일을 하는 사람 같다는 생각이 들었다.

깊은 상처를 안고 있는 사람들이 대개 그렇듯 민들레도 집단상담 초기에는 거의 말이 없었다. 토론을 할 때도 먼저 말을 꺼내는 법이 없고, 질문을 던져도 극히 짧고 간단한 대답만 했다. 그나마 약간 반응을 보인 것이 《우리들의 행복한 시간》과 《유진과 유진》을 다룰 때였다. 그러니까 성폭행을 당하거나 부모로부터 버려진 아이들이 나오는 어둡고 우울한 이야기에서 평소와 다른 행동과 표정이 비쳤다. 하지만 그때도 두드러지게 동요한 게 아니라 팔을 약간 떨면서 손가락으로 톡톡 가볍게 책상을 두드리는 정도였다. 말에도 표정에도 워낙 변화가 없다 보니 그렇게 사소한 동작도 내 눈에 띄었던 것이다. 계속해서 살펴보니 마음에 무엇인가 흔들림이 있으면 자기도 모르게 그런 버릇이 나오는 것 같았다. 민들레가 처음으로 자기 이야기를 꺼낸 건 7회기에 《박사가 사랑한 수식》을 읽고 이야기 나눌 때였다.

이 책은 불의의 교통사고를 당해 뇌를 다친 후 기억력이 80분 동안만 지속되는 희귀병에 걸린 한 천재 수학자의 이야기다. 이 수학 박사는 사고 전 기억은 고스란히 남아 있으나 사고를 당한 후로는 모든 일을 80분이 지나면 까맣게 잊어버린다. 그런 박사를 보살피기 위해 고용된 '나'는 박사와 매일 아침 만날 때마다 낯선 사람 취급을 받으며 똑같은 문답을 주고받는다.

예순네 살 먹은 노수학자와 스물여덟 살 난 미혼모 파출부 '나', 그리고 '나'의 열 살짜리 아들 루트. 이들 사이엔 서로의 부족함을 채워주려는 따뜻한 사랑이 있다. 80분 동안 지속되는 기억력으로 영원한 사랑을 표현한 박사와 함께한 1년 동안, '나'와 루트는 그 무엇과도 바꿀 수 없는 소중한 기억을 만들어간다는 것이 소설의 줄거리다.

이 소설에는 약수, 소수, 자연수, 우애수, 완전수 등 수학 용어가 수식과 함께 빈번하게 등장하는데, "수학 용어가 서서히 시의 언어로 다가왔다"는 어느 문학평론가의 말처럼 숫자나 수식 하나하나 인생에 대한 의미심장한 은유가 깔려 있다.

이날 우리는 완전수와 부족수에 대해 이야기를 나누었다. 완전수와 부족수는 박사가 만들어낸 은유적 수 개념이다. 완전함과 부족함에 대한 이해와 감정을 실어 인생에 그것을 접목해낸 통찰이 엿보이는 대목이다.

"어쩌면 우리 삶은 각각 부족수 아닐까요? 부족수로 살아가는 우리가 어떻게 하면 완전수가 될까요?"

나는 이런 질문과 함께 이야기 속 등장인물들의 삶에 나타나는 부족수를 이야기했다. 그러고는 각자 자신의 부족수에 대해 말해보자면서 먼저 내 삶에서 부족한 부분을 솔직하게 털어놓았다. 그러자 다른 사람들도 하나둘 자신의 부족한 점을 꺼내놓았다. 저마다 자기 약점에 대해 부끄러워하고 또 인정하는 정도가 달랐다. 그런데 민들레는 너도나도 자기 이야기를 할 적에도 입을 꾹 다물고 있었다. 나는 민들레에게 말을 걸지 말지 생각하며 일단 다른 사람들의 이야기를 경청했다.

그런데 어느 순간, 민들레가 입을 열었다. 그녀가 먼저 말을 꺼낸 건 처음이었다. 민들레는 이제껏 자신의 부족한 점을 이토록 당당하게 말하는 사람을 별로 못 봤다는 것이다. 자신은 늘 부족수를 숨기고 살았기에 그렇게 말할 수 있는 사람들이 부럽다고 했다. 민들레는 남편조차 자신의 모자란 점을 모른다는 말도 덧붙였다.

"그렇지요. 남편에게조차 숨기고 싶은 비밀이 누구나 있지요."

일단 나는 가볍게 동의해주었다. 민들레가 처음으로 말을 꺼낸 것이 반가웠지만 그런 만큼 조심스러웠다.

"그런데 저는 숨기고 싶은 그 비밀이 엄청나서 늘 긴장하며 살게 돼요."

민들레는 조금 더 자기 마음을 열었다.

"그게 어떤 일인지는 모르겠지만 말씀해주실 수 있나요? 저나 여기

계신 분들도 민들레님과 비슷한 경험을 했을지도 모르고, 그렇게 같은 경험을 공유한다면 훨씬 해방감을 느끼고 동질감을 느끼실 수 있을 것 같은데요. 혹시 그렇지 않더라도 도움이 될 만한 얘기들은 나올 수 있을 거예요."

민들레는 잠시 머뭇거리더니 입을 열었다.

"저는 고아원에서 자랐어요. 옛날에는 고아가 많았으니까 어릴 적에 고아원 생활한 것 자체는 크게 창피한 일이 아닐 수 있어요. 그런데 저는……."

민들레는 외모에서 풍기는 분위기만큼이나 차분하고 지적인 어조로 자신의 어린 날 이야기를 끄집어내기 시작했다. 그녀는 부모가 누구인지도 모른 채 고아원에 버려졌다. 그곳의 다른 아이들처럼 민들레는 폭력적인 분위기와 배고픔에 시달리면서 절박한 생존본능으로만 살았다. 원장과 선생들은 형식적인 지도만 할 뿐 아이들의 일에 개입하지 않았고, 나이 많은 언니들의 비위를 맞추지 않으면 끼니조차 굶기 다반사였다.

그렇게 지내다 같은 고아원에 있는 오빠를 좋아하게 되었다. 그 오빠는 다른 여자아이들에게도 제법 인기 있었는데, 그런 오빠가 자기편이 되어주고 늘 따뜻하게 대해주는 모습을 보며 마음이 따뜻해졌다. 이런 감정이 사랑이구나, 하며 난생 처음 누군가를 사랑하고 사랑받는 기쁨을 누렸다. 하지만 그 오빠와 친하게 지낸다는 이유로 다른 언니들의 질시와 무언의 압력도 많이 받았다. 언니들은 노골적으로 민들레를 노려보기도 했고, 실수인 척 부딪쳐 넘어뜨리기도 했다. 그러던 어느 날 민들레는 시커먼 한밤중에 골목길을 걷다가 얼굴도 모르는 남자에게 끌려갔다. 아무리 발버둥쳐도 그악한 손길은 그녀 몸을 집요하게 더듬었다. 그렇게 민들레는 겁탈을 당했다. 민들레는 수치심과 절망감을 무릅쓰고 오빠에게 자기가 당한 일을 이야기했다. 따뜻한 위로를 기대한 것이다. 그런데 오빠의 반응은 매몰찼다.

"너 그런 애 아닌 줄 알았는데, 다른 아이들 말이 맞구나."

나중에 안 사실이지만 민들레를 질시하던 언니들이 "민들레가 남자들에게 먼저 꼬리쳐놓고 당했다고 말하고 다닌다"는 소문을 냈던 것이다.

민들레는 무서웠다. 자기를 둘러싼 말도 안 되는 소문, 믿었던 사람이 한순간에 낯선 타인으로 돌변해버린 순간을 감당하기 어려웠다. 처절하게 유린당한 상처가 아물 기회도 없이 오히려 자신이 파렴치한 사람으로 낙인찍히고 말았다는 사실에 절망했다. 철저한 외로움. 부모에게 버려지고, 고아원 생활이 행복하다고 여기게 해준 오빠에게도 배반을 당하고 나니 자신의 삶이 송두리째 저주스러웠다.

그 후로 민들레는 학교도 다니지 않고 막 살았다. 담배를 피우고 본드를 마시고, 친구들과 어울려 도둑질도 했다. 특히 자기에게 관심을 보이는 남자가 있으면 그가 떠나지 못하게 하려고 남자가 하자는 대로 몸을 섞었고 돈도 내주었다. 그러나 번번이 차였고, 그러면서 낙태 수술도 여러 번 했다.

어느 날 또 임신을 했다. 그러나 이번엔 어느새 임신 5개월이 지나 버려 낙태를 할 수가 없었다. 학교를 다녔으면 고등학교 2학년이었을 나이에 그녀는 자기 문제를 상의할 만한 사람이 아무도 없었다. '미혼모의 집'에 들어가 아이를 출산한 후 양육포기각서를 쓰는 것밖에 선택할 수 있는 다른 길이 없었다.

"그런데……, 낙태를 할 때는 아무 생각 없었는데, 처음으로 아이를 낳고 나니까 얼굴도 제대로 못 본 그 아이가 자꾸 생각났어요."

손가락 발가락은 제대로 달렸는지, 몹쓸 기형은 아닌지 궁금하더란다. 담배와 본드로 혹사시킨 몸에서 태어난 아이의 몸이 어떠할지, 그 아이도 엄마를 선택할 수 있었다면 자신은 아니었을 거란 생각을 하니 아이가 너무 불쌍했고 걱정도 되었다고 한다. 젖몸살이 왔을 때 민들레는 아이를 낳을 때 못지않게 고통스러웠다고 한다. 그때 간호사가 "엄마가 있으면 이럴 때 젖을 문질러 풀어주었을 텐데……"라면서 젖을 말리는 주사를 놓고 갔다. 간호사가 나간 뒤에 민들레는 비로소 "엄마"라는 단어를 되뇌어보았다. 그러고는 목 놓아 울었다. 서러워서, 너무나 사무치게 엄마가 보고 싶어서…….

민들레는 울면서 어머니를 생각했다. 어머니도 자기를 낳았을 때 궁금해했을 것 같고, 피치 못할 사정으로 자기를 버리면서 미안해했을 것 같았다. 같은 여자로서 그 마음이 생생하게 전해졌다. 난생 처음 어머니가 이해되었고, 이해하고 나자 가여워졌다.

그렇게 미웠던 어머니를 가슴에 품고서 민들레는 갑자기 미역국이 너무 먹고 싶어졌다. 눈물을 흘리며 미역국 한 그릇을 다 먹었다고 한다. 그건 아마도 자신을 낳아준 어머니에게 감사함으로 대접해드리는 미역국이었고, 얼굴도 못 본 자기 아이에게 먹여주는 젖이었을 것이다. 또 어쩌면, 비로소 이 세상을 제대로 한번 살아볼 마음을 먹은 자신의 지친 육체에 떠먹이는 위로의 밥이었을 것이다.

민들레는 그 후 미용 기술을 배워 어느 정도 기반을 닦은 후에 지금의 남편을 만나 결혼을 했다. 아이는 하나만 낳았다. 남편은 더 낳기를 원했지만 얼굴도 못 본 채 떠나보낸 아이가 마음에 걸려 도저히 그럴 수가 없었다. 민들레와 남편 사이는 그만하면 단란했다. 남편은 아내를 사랑하고 아이에게도 더없이 좋은 아버지였다. 그런데 가끔, 남편이 아이를 많이 예뻐하거나 아이가 지나치게 응석을 부릴 때면 민들레는 마음속에서 불같은 것이 솟구쳐 올랐다. 그건 통제할 수 없는 순간적인 노여움이었다. 그럴 때 민들레는 남편에게 극도로 화를 냈고, 아이에게는 "네가 얼마나 호강하는지 알아?" 하면서 심하게 다그쳤다. 그러면 남편은 영문도 모른 채 아내의 예민해진 심기를 달래느라 애를 먹었고, 아이는 아이대로 주눅이 들어 집안 분위기가 순식간에 엉망이 되어버렸다.

민들레의 긴 고백이 끝났다. 드라마에서나 볼 법한 파란만장한 사연에 사람들은 모두 눈시울이 뜨거워져 있었다. 나도 마찬가지였다. 특히, 아이가 어리광을 부릴 때 자기도 모르게 불같은 화가 치밀더라는 말, 그럴 때마다 그녀의 느닷없는 분노에 가족이 모두 쩔쩔매면서 집안 분위기가 가라앉는다는 말에, 그 상황이 생생히 그려지면서 가슴이 정말 아팠다.

"자식을 버릴 수밖에 없었던 엄마에 대한 감정은 정리가 된 듯한데 이제는 자신이 버려야만 했던 아이에 대한 죄책감이 현재 삶을 힘들게 하는군요? 지금이라도 아이를 다시 찾고 싶으세요?"

내가 물었다.

"안 돼요, 그럴 수는 없어요. 지금의 가정을 깨뜨릴 순 없잖아요."

민들레의 대답은 단호했다. 그만큼 감정을 억누르고 있다는 반증이다. 과거의 일들이 가슴에 아직 생생히 살아 있다. 그 감정이 때때로 현재의 삶에 불쑥 고개를 내민다. 그러나 이로 인해 현재 삶에 지장을 주어선 안 된다는 강박관념이 민들레를 불안하게 만든 것이다. 지나친 억제로 인한 불안감이었다.

"지금 내가 힘들어하는 모습도 보여주고 싶지 않아요. 잘 견뎌낼 거예요, 저는……. 다만, 미안하다는 말을 꼭 하고 싶어요. 전에 읽은 《유진과 유진》에서 작은유진이의 엄마가 고백하잖아요. 그때 엄마가 너무 어렸다고, 너무 세상을 몰랐다고……."

민들레는 제 가슴을 붙들고 울었다. 그 울음에 모두 공감을 하며 묵묵히 기다려주었다. 민들레가 마음을 가다듬으며 다시 입을 열었다.

"그 구절을 읽을 때 마음이 너무 아팠어요. 내가 하고 싶은 말을 그대로 옮겨놓은 글이에요. 나도 내 아이에게 꼭 용서를 구하고 싶었어요. 내가 너무 몰라서 너에게 씻을 수 없는 고통을 주었다고, 무릎을 꿇고 그 말만은 꼭 하고 싶어요."

"아이를 낳을 때 어머니를 이해했다고 하셨잖아요? 입양 보냈던 아이도 어디선가 자기 삶의 한 모퉁이에서 민들레님의 아픈 마음을 이해할 날이 오지 않겠어요? 성장하면서 굽이굽이 그럴 기회를 만나지 않을까요?"

"그러길 바라요. 내가 아니라 그 아이 마음이 편해지도록 말예요. 제가 엄마를 이해한 후에야 비로소 다시 내 삶을 찾았듯이 그 아이도 꼭 그렇게 되었으면 좋겠어요."

"그럴 거예요. 그것이 그 아이 삶의 몫이니까요. 그런데 그 아이에 대한 감정 말고 다른 가족에 대한 감정은 어떠세요?"

"남편과 지금 아이에게 죄를 짓고 사는 것 같아 힘들어요. 하루에도 열두 번씩 가슴속 이야기를 다 털어놓고 속죄하고 싶어요. 그런데도 그게 안 돼요."

그때 잠자코 듣고만 있던 한 남자 집단원이 조언을 하고 싶다고 했다.

"지금 가족에게 옛날이야기를 하면 안 될 것 같아요. 남편과 아이도 행복한 가정생활을 누릴 권리가 있잖아요. 제 생각엔, 입양 보낸 아이에 대한 죄책감에서 어느 정도 놓여났다면 지금은 현재 가정에서 어떤 역할을 하고 어떻게 건강한 가정을 만들어갈지 그것을 더 고민하는 게 맞을 것 같아요."

대부분 이 남자의 의견에 동조했다.

"《박사가 사랑한 수식》에서도 루트의 엄마가 어떻게 지냈는지 아무도 물어보지 않잖아요. 지금 현재가 중요하다고 생각해요. 그 책에서도 모두가 불완전한 부족수이지만 서로의 부족함을 메워주면서 완전함을 만들어가잖아요."

"그래요, 자기를 학대하면서 문제를 더 크게 만들지 말고 다른 좋은 일을 하며 빈 곳을 메워나가는 게 옳다고 생각해요."

사람들 사이에 이런저런 말이 오갔다. 중간에서 다리를 놓는 내가 놀랄 정도로 깊이 있는 이야기들이었다. 사실 민들레의 고백을 들을 적에 사람들은 당황하는 빛이 역력했다. 소설이나 영화에나 나옴직한 일을 주변 사람의 입을 통해 직접 들었으니 놀라는 것도 당연했다. 그러나 민들레의 솔직한 고백에 사람들은 진심 어린 마음으로 그녀의 삶을 격정해주었고, 진지하게 조언해주었다.

그날 이후 민들레는 확실히 밝아졌으며 적극적으로 행동했다. 집에 돌아가서는 자기 이야기를 털어놓은 게 부끄러웠고 또 이 비밀이 다른 데 전해질까 두려웠노라는 속내를 밝히면서 사과하기도 했다. 그러나 사과할 일이 아니었다. 오히려 다른 사람들을 위해서도 고마운 용기였다. 그리고 나로서는 자기 문제의 핵심과 정면으로 마주친 그녀의 모습이 참으로 기쁘고 보기 좋았다.

그녀의 용기 있는 고백은 다른 사람들에게도 자극이 되어 거기 모인 모두가 자신을 적극적으로 열게 하는 계기가 되었다. 그리고 토론이 진행되는 회기 내내 서로 사랑과 이해가 한층 풍부해지도록 물꼬를 터주었다. 집단상담을 이끄는 일에 보람을 느낀 회기였다.

민들레가 자신의 과거 불행에서 얼마나 벗어났는지, 가족에게 비밀을 털어놓고 싶은 마음을 완전히 버렸는지 정확히 알 수는 없다. 사실 처음에 고백하던 날만 해도 민들레는 비밀을 안고 가라는 사람들의 말에 조금 아쉬워하는 표정이었다. 그러면서 내게 무언가 다른 말을 해주기를 바라는 듯한 눈빛을 보내왔었다.

그때 나는 김형경의 치유에세이 《사람풍경》에 나온 이야기를 들려주었다. 그 책에 보면 '내 감정 대주기'라는 게 나온다. 한 후배가 화자에게 매일 밤 전화를 걸어 자신의 고통을 호소한다. 그런데 그건 화자가 해결해줄 수 없는 문제이고 후배 자신도 어쩔 수 없는 사안이었다. 한쪽은 매일 고통을 호소하고, 한쪽은 인내와 애정을 갖고 들어주지만 언제까지고 반복할 수는 없는 노릇이었다. 화자는 어느 날 후배에게 화를 내며 말한다.

"앞으로 나에게 말하지 마. 그냥 강가에 나가서 강에 대고 말해. 나도 힘든 일 있으면 그렇게 할 거니까. 그리고 우리가 무슨 말을 하고 싶어 강가에 갔다가 우연히 만나게 되면 서로 아는 체 하지 말자."

이어서 내가 하고 싶은 말을 붙였다.

"제 생각에는 선생님이 고백을 하고 나서 스스로 뒷감당이 되면 괜찮지만, 만약 그럴 자신이 없다면 선생님의 감정을 대줄 수 있는 다른 무언가를 찾는 게 나을 것 같아요. 그게 강이든 뭐든, 그리고 혹 사람이라면 나와 개인적인 인연이 하나도 없는, 단순히 들어주기만 할 사람이어야겠지요. 가장 좋은 건 종교라고 생각하구요. 고해성사나 하느님께 기도하는 회개의 통과의례를 지나는 것 말이에요."

민들레는 결국 종교를 받아들였다. 그러면서 마음이 편안해졌다고 하는데, 역으로 그건 옛 아이에 대한 죄책감이나 현재 가족에 대한 고백 욕구를 완전히 넘어서지는 못했다는 것으로 생각된다. 하지만 그녀가 자기 마음을 치료할 방법을 찾게 된 건 분명하다. 모든 걸 처음부터 끝까지 자기 의지 하나로만 넘어서는 게 치료가 아니다. 책이든, 강이든, 종교든, 사람에겐 자기 내면으로 들어가는 통로와 그 길에 동행해줄 무엇인가가 필요하다. 내가 아플 때 약을 사러 달려가주는 사람이 있으면, 약을 먹지 않아도 이미 상처는 낫기 시작한다.

울지 못하는 남자들

어떤 아픔이 나를 미래로 나아가지 못하게 하고 발목을 잡는다면 그건 현재의 문제다. 그런데 이 문제를 해결하기 위해서는 문제가 시작된 과거 어느 때로 한 번은 다녀와야 한다. 가고 싶지 않고 외면하고 싶고 정말 돌아보고 싶지 않지만…….

　　　　　　프로그램을 진행하다 보면, 종종
자기 이야기를 한마디도 털어놓지 않는 사람을 만난
다. 독서치료 프로그램의 집단원은 대개 열 명에서 열다섯 명 사이로
구성되는데, 그중에서 특별한 사연을 지닌 사람은 서너 명 정도다. 그런
데 그렇게 삶의 이력이 남다른 사람이 자기 이야기를 가슴속에 품고 털
어놓지 못하는 경우가 많다.

　처음에는 신기하다는 생각이 들었다. 그렇게 자신을 꽉 닫고 있으
면서 어떻게 치료 프로그램을 신청해 들어왔을까 하고 말이다. 그러나
시간이 흐를수록 그게 당연하다는 생각이 들었다. 바로 그런 점 때문에
프로그램에 들어온 것이다. 대인관계에 문제가 많은 사람, 속마음을 누
구에게도 털어놓지 못하는 사람, 그러나 스스로 어렴풋이나마 자기 문

제의 원인을 알고 있고 그것을 어떻게든 풀어보고 싶은 사람이 이런 심리치료를 선택하게 된다. 심리치료 프로그램을 신청하는 것 자체가 자아 확립의 욕망을 해소하고자 하는 용기의 발현이다. 하지만 그렇게 용기 내어 발을 들여놓은 뒤로는 다시 바로 소극적이 된다. 그러고는 기다린다.

'자, 용기를 내어 여기까지 왔으니 이제 나를 좀 치료해줘봐.'

묵묵히 앉아 다른 사람의 말을 들으며 자신도 말문이 터지고 가슴이 후련하게 뚫리면서 갑갑한 심정에서 벗어날 순간을 어느 누구보다 간절히 기다리는 것이다. 이런 사람은 타고난 성격이 소극적인 건 아니다. 감당할 수 없는 어떤 환경에 의해 마음이 닫혀버린 것이므로 심리치료나 다른 방법으로 이를 극복할 기회가 생기면 한순간에 다른 사람처럼 달라질 수도 있다.

물론 늘 좋은 결과로 끝나진 않는다. 심리상담은 결국 마음끼리 만나는 일이기 때문이다. 길고 폭신한 의자에 편안하게 누워 자기 이야기를 줄줄이 풀어놓는 본격적인 정신분석 상담에서도 교감은 그리 쉽게 이루어지지 않는다. 상담자의 상담 능력이 부족해서도, 내담자에게 문제가 있어서도 아니다. 일상적인 인간관계에서도 상대가 마음에 들고 편안해지는 마음의 만남은 어느 한순간에 불쑥 이루어지는 경우가 많다. 반면 십여 년 동안 알고 지내면서도 속을 나누지 못하는 무덤덤한 관계에 그치기도 한다. 심리상담도 기본적으로는 이와 크게 다르지 않다. 다른 점이라면 상담자와 내담자 쌍방이 특정한 주제를 설정해 대화를 나눈다는 점뿐, 마음이 열려 자기 안에 도사린 문제가 해체되는 건 일상적인 만남에서처럼 우연적이고 순간적이다. 물론 준비된 우연이라고 해야겠지만.

30대 중반 남성인 달팽이는 프로그램 초반에는 입을 열지 않았다. 자기 이야기는 물론이고 남의 이야기에도 전혀 끼어들지 않았다. 어쩌면 프로그램이 전부 끝날 때까지도 한마디도 안 할 것만 같아 보이는, 그런다고 해도 이상하지 않을 것 같은 매우 내성적인 사람이었다.

달팽이가 처음으로 말문을 연 것은《유진과 유진》이라는 책을 읽고 난 다음 회기 때였다.《유진과 유진》은 어렸을 때 유치원 원장에게 성추행을 당한 큰유진과 작은유진이 중학교 2학년 때 같은 반이 되면서 시작되는 이야기다. 큰유진은 유치원 동창인 작은유진에게 반갑게 아는 체를 하지만, 작은유진은 큰유진을 알아보지 못한다. 그리고 자신은 큰유진과 같은 유치원을 다닌 적이 없다고 말한다. 작은유진은 실제로 유치원 시절의 기억을 잃어버렸던 것이다.

큰유진은 성추행을 당했지만, '네 잘못이 아니야'라고 따뜻하게 감싸준 엄마와 아빠 덕에 큰 무리 없이 상처를 극복했다. 그러나 작은유진은 부모가 체면을 생각해 아이의 기억을 강제로 왜곡시키는 바람에 정상적인 성장을 하지 못하고 그늘진 아이로 자랐다. 이 소설은, 다친 마음을 치유하려면 자기 자신과 주변 사람들이 어떤 노력을 해야 하는지를 이야기한다. 이 소설을 읽고서는 유년기의 상처, 어렸을 때 부모의 양육 방침에 대해 많은 이야기들이 오갔다.

그런데 그 다음 시간, 달팽이의 표정이 다른 때보다 밝아 보였다. 지난 수업 때까지도 별다른 변화가 없었기에 나는 그사이 무슨 변화라도 있는가 싶어 "오늘은 참 밝아 보이시네요?" 하고 말을 건네보았다. 그러자 전과는 달리 선뜻 내 말을 받아 밝게 대답했다. 지난주에 내가 했던 말을 한 주 내내 곰곰 생각해보았다는 것이다.

"현재에 엉켜 있는 실타래를 풀기 위해서는 과거로 한 번 갔다 와야 한다." 이것이 전 시간에 내가 했던 말이다. 어떤 아픔이 나를 미래로 나아가지 못하게 하고 발목을 잡는다면 그건 현재의 문제다. 그런데 이 문제를 해결하기 위해서는 문제가 시작된 과거 어느 때로 한 번은 다녀와야 한다. 가고 싶지 않고 외면하고 싶고 정말 돌아보고 싶지 않지만, 갔다 와야 한다. 내가 한 말은 이런 뜻이었다. 달팽이는 그 이야기에서 느낀 바가 있어 자신의 과거를 돌이켜보았다고 했다. 정말 반갑고 뜻밖이었다.

"그래서 어땠어요? 뭔가를 발견했나요?"

"네, 발견했어요. 그것을 전부 노트에 적었어요."

"노트에 다 기록했다구요?"

"네."

그냥 생각만 하는 것과 기록하는 건 큰 차이가 있다. 기록한다는 건 자기 이야기를 객관화하는 일이다. 쓰기 위해서는 당시의 상황을 차분히 정리해야 하므로 저절로 제3자의 시선이 되고, 쓰고 나서 읽어보면서 다시 한 번 객관적인 시선으로 자기 문제를 돌아볼 수 있다. 이는 과거를 돌아보는 가장 좋은 방식이다. 달팽이는 숫기가 없고 말에 자신이 없다 보니 오히려 효과적인 과거 여행을 한 셈이었다.

"그럼 조금 홀가분해지셨어요?"

"네, 조금은 그런 것 같아요. 하지만 아직도 무언가 두려운 마음이 남아 있어요."

"노트에 적은 그 이야기를 여기에서 말해주실 수 있겠어요?"

달팽이는 조금 생각해보더니 안 되겠다고 대답했다. '타인 앞에서 말하기'는 여전히 자신 없는 모양이었다.

"아직 준비가 안 되셨으면 할 수 없지요. 하지만 나중에 언제라도 말씀해주셨으면 해요. 그럼 달팽이님 자신에겐 물론이고 다른 사람에게도 도움이 될 거거든요. 달팽이님의 이야기가 다른 분들이 지닌 아픈 기억을 씻을 계기가 될 수도 있어요."

그날은 일단 이 정도에서 이야기가 끝났다. 그리고 얼마 후 1박 2일 워크숍을 갔다. 독서치료 프로그램에서는 4, 5회기쯤 지나서 워크숍을 한 번씩 한다. 이때쯤이면 사람들끼리 서로의 삶을 어느 정도 알게 되면서 편안해지기도 하지만 한편으로는 이야기를 더 하지 않으려는 심리적 저항도 생기기 시작한다. 그래서 좀더 자유롭게 풀어진 분위기에서 내면으로 깊이 들어가보는 기회를 마련하는 것이다.

워크숍에 가면 친근감을 높이기 위해 함께 밥을 해 먹는다. 그리고 밤 아홉 시쯤 이야기를 시작한다. 술은 마시지 않는다. 놀러 온 것이 아니고 상담의 연장이기 때문이다. 강의실이 아닌 데다 밤이라서 고즈넉한 분위기이기도 해서 워크숍에서는 깊은 이야기를 꺼내놓기 수월했다. 이날도 그런 소득이 있었다. 달팽이가 마침내 자기 이야기를 꺼냈던 것이다. 아버지와 어머니 사이에서 힘들었다는 이야기였다. 달팽이의 어머니는 굉장히 드센 분이었다고 한다. 반면에 아버지는 너무 유약한 분이었다. 아버지는 경제적으로 무능력해서 집안의 생계는 전적으로 어머니 혼자 감당하셨다고 한다. 당연히 어머니의 고생은 이루 말할 수 없었다. 그런데 문제는 어머니의 기질이 워낙 강한 탓에 아버지가 수시로 맞고 살았던 것이다. 단순히 무능력한 가장이 아니라 매 맞는 남편이었다는 이야기다. 어머니는 남편을 극도로 무시하면서 아무런 기대도 하지 않았다. 기대는 모두 외아들인 달팽이에게 향했다. 어머니는 아들에게서 남편이 채워주지 않는 것들을 받아내려 했다.

달팽이는 한 번도 자기가 원하는 것을 할 수 없었다. 선택은 모두 어머니 몫이었고, 어머니가 시키는 대로만 해야 했다. 어머니가 싫어하는 친구는 집에 데려올 수 없었다. 원하는 대학, 원하는 과에 들어갈 수도 없었다. 취미, 직업, 결혼 상대 모두 어머니가 정해주는 대로 따라야만 했다. 강제된 마마보이인 셈이었다. 달팽이는 어머니가 워낙 드센 분이어서 저항해볼 엄두도 내지 못했다. 아버지를 닮아 마음이 여리고 소심해서 어머니의 기대와 강요 속에 이제껏 한순간도 자기 인생을 살아오지 못했다.

그러면서 겪은 가슴앓이는 겪어보지 않은 사람은 알 수 없는 미묘하고도 깊은 상처로 박혀 있었다. 아버지가 가엾다가도 한심하고, 어머니가 무섭다가도 미운 복잡한 감정, 그리고 무엇보다 자기 자신의 유약함에 달팽이는 몹시 질려 있었다.

게다가 자기 마음대로 해본 일이 하나도 없으니 억눌린 욕망은 얼마나 많겠는가. 나이가 30대 중반에 이르렀으면서도 이 남자는 자기 삶이 전혀 없는 것이었다. 달팽이의 이야기가 끝나자 솔바람이 말을 받았다. 솔바람은 나이 지긋한 남자이고 교사였는데, 역시 그때까지 한 번도 입을 열지 않았더랬다.

"오늘 달팽이님 말은 제게 큰 위로가 됩니다. 제 부모님은 지금 말씀하신 것과 정반대였거든요. 제가 겪어온 일도, 달팽이님과는 전혀 다른 이야기입니다만, 부모 때문에 받은 상처라는 점에서는 같은 것 같네요."

솔바람의 아버지는 직업군인이었다. 그런데 아버지는 노상 어머니를 때렸다고 한다. 솔바람은 어머니가 맞는 걸 볼 적마다 분노가 치밀었고 아버지가 무서우면서 증오스러웠다고 한다. 어머니가 아버지와 이혼하기를 간절히 바랐지만 어머니는 경제적으로 자립할 수 없는 데다 마음도 약해 감히 아버지와 갈라설 생각을 하지 못했다는 거다.

그러던 어느 날, 솔바람이 고등학교 2학년 때, 아버지를 한 번 '받았다'고 한다. 길거리에서 어머니를 때리는 아버지를 보고 한순간에 눈이 돌아가서 아버지를 담벼락으로 밀어 고꾸라뜨렸단다. 그러고는 그냥 막 울었다. 그날 이후로 아버지가 어머니를 안 때렸다고 한다. 솔바람은 아버지가 그 사건을 통해 자신이 이제 성장했음을 인정해준 것 같다고 했다. 이야기를 끝내며 50대 남자 솔바람이 30대 남자 달팽이에게 말했다.

"어머니에게 한번 반기를 들어봐요. 내가 다 컸다는 것을 알려줘야 돼요. 부모도 자식에게 한번 충격을 받아야 자기 행동을 돌아볼 수 있게 됩니다."

그러나 달팽이는 자신 없다고 했다. 아직도 어머니가 무섭기만 하다는 것이었다. 이에 내가 말했다.

"달팽이님은 집안의 장남이지요? 아버지는 아버지대로, 어머니는 어머니대로, 맏이에게 거는 기대가 있을 거예요. 달팽이님이 어떤 행동을 하기를 기다리고 있을 수도 있어요. 아버지 사는 모습이 보기 싫고 어머니 행동도 그렇게 마음에 들지 않으면 한 번쯤 선을 그어야 할 것 같네요. 독립해서 아버지와 둘이 살겠다, 어머니에게 이렇게 말해보는 건 어떨까요?"

달팽이는 감히 생각도 못할 이야기라는 듯 자신 없어했다. 굉장히 부끄러워하고 자괴감도 많이 느끼는 것 같아 보이는 달팽이에게 사람들은 여러 가지로 위로의 말을 해주었다. 하지만 달팽이는 고마워하면서도 끝내 용기는 내지 못했다.

그의 인생은 쇠사슬에 단단히 묶여 있었다. 조언을 하는 우리에게 죄라도 진 듯 얼굴이 벌게지는 것을 보면서 가슴이 정말 아팠다. 그런데 워크숍이 끝난 그 다음 주부터, 달팽이가 안 나오기 시작했다. 중도 포기, '드롭아웃'이 된 것이다. 우리가 그분에게 감당하기 힘든 일을 요구했던 건 아닐까, 사람들은 그런 반성을 해보았다. 그러나 결론은, 결코 지나치진 않았다는 것이었다. 꼭 한 번은 용기를 내어 자기 생각을 말해야 한다.

확실히 그건 달팽이에게 할 수 있는 유일한 조언이었다. 그 가족의 주도권은 어머니에게 있지만, 변화의 씨앗은 오직 그만이 갖고 있는 것이다. 달팽이에게 필요한 건 '당신이 참아야 한다' '당신이 어머니를 이해해야 한다'는 말이 아니었다. 꼭 자기 인생만이 아니라 아버지를 위하고 어머니를 위해서라도 한 번은 용기를 끌어올려야만 했다.

'드롭아웃'이 나오면 가슴 아프다. 나에게 미숙한 점은 없었는지 반성도 해보게 된다. 포기하고 돌아서는 그 당사자만큼 힘든 사람은 없을 것이기에 그에게 용기가 없었음을 나무랄 수는 없다. 우리 프로그램에서는 찾지 못했지만, 어느 곳에선가는 용기를 갖게 될 계기를 얻기 바랄 뿐이다.

한 가지 다행이라면 달팽이의 드롭아웃을 계기로 솔바람의 이야기가 더 깊어졌다는 점이다. 장남의 무게, 장남의 외로움에 대해 그가 말을 꺼냈다. 《괭이부리말 아이들》을 읽고 느낀 점을 말할 때였다. 괭이부리말은 인천 어느 달동네 이름이다. 6.25 전쟁 직후 가난한 피난민들이 모여 살면서 만든 이 동네는 인천에서 가장 오래된 빈민 지역이다. 소설에는 이곳에서 온갖 다양한 슬픔을 안고 살아가는 가난한 사람들의 이야기가 생생하면서도 따뜻하게 묘사되어 있다.

　이 동네에 숙자와 숙희라는 쌍둥이 자매가 있다. 아버지는 매일 술에 취해 행패를 부리고, 어머니는 이를 견디다 못해 아이들을 두고 집을 나간다. 그런데 어머니가 돌아왔을 때 두 자매의 태도는 완전히 다르다. 원래 숙희는 조금 철부지에 자기 생각만 하는 아이이고, 숙자는 속이 깊고 어른스러운 아이다. 엄마가 집을 나갔을 때도 숙희는 별로 걱정하지 않는다. 엄마가 없어 불편해진 것만 짜증스러울 뿐이다. 그런데 엄마가 돌아오자 숙희는 애교도 부리고 굉장히 좋아하면서 호들갑을 떤다. 반면 혼자 아버지를 챙기며 집안 걱정을 해왔던 숙자는 속으로만 기뻐하고 내색을 하지 못한다. 그날 밤 잠자리에서 부모가 숙자에 대해 이야기를 나눈다.

　"숙자는 내가 돌아온 게 반갑지 않은가 봐요." "그럴 리 있나. 아니야." "그런데 애가 왜 저래요."

　숙자는 엄마의 그 말을 들으며 베갯잇이 다 젖도록 몰래 눈물을 흘린다. 솔바람은 그 대목을 읽으며 가슴이 찡하도록 슬펐다고 한다. 자기는 그 심정을 누구보다 잘 안다는 것이다. 그는 어린 시절에 있었던 일을 이야기해주었다. 어렸을 때 아버지가 솔바람과 동생을 공부 시키느라 객지로 보낸 적이 있단다. 솔바람은 동생과 함께 할머니 댁에서 지내며 학교를 다녔다. 어머니는 한 달에 두어 번 먹을 것을 싸들고 아들들을 만나러 왔다. 그럴 때면 동생은 굉장히 좋아하면서 엄마 품에서 떨어질 줄을 몰랐다. 그러나 솔바람은 그렇게 할 수 없었다고 한다. 왠지 그렇게 너무 기뻐하면 할머니가 서운해하실 것 같아서였다. 할머니에 대한 미안함과 고마움 때문에 엄마가 와도 너무 티 나게 반길 수 없었던 것이다. 또 나이는 어려도 집안의 장남이기에 감정을 다 표현해서는 안 될 것 같았다고 한다. 막내보다는 어른스러운 모습을 보여야만 했던 것이다. 그래서 엄마 품에 안기고 싶지만 꾹 눌러 참았다. "어머니, 오셨어요?" 점잖게 한마디하는 게 전부였다. 그러고는 밤에 잘 때에 몰래 어머니에게 다가갔다. 잠자리는 할머니와 어머니와 동생, 그리고 맨 끝에 솔바람이 누웠는데, 엄마 발치에라도 자고 싶어 몰래 엄마 다리 쪽으로 건너가 다리를 꼭 안고 잤다고 한다.

아버지에 대해서도 표현하지 못했던 게 많다고 했다. 아버지가 외국에서 돌아가셔서 임종을 지키지 못했는데, 나중에 아버지를 화장한 재가 들어 있는 상자를 받아 든 순간 온몸으로 아버지의 온기를 느꼈다고 한다. 그러면서 슬픔이 복받쳐 오르는데, 그때에도 장남은 의연해야 한다는 생각에 차마 울지를 못했다고 한다. 그러면서 솔바람은 옛일을 후회했다. 아버지가 무언가로 꾸짖을 때면 묵묵히 고개만 숙이고 있던 자신의 모습이 뒤늦게 안타까웠던 것이다. '알겠습니다. 앞으로는 그렇게 하겠습니다'라는 말 한마디만 했어도 아버지 마음이 편했을 것이고 자기도 덜 맞았을 텐데, 옛날에는 그게 안 되었다고 한다. 그때는 장남이라면 그저 묵묵히 속으로만 삭여야 되는 줄 알았다는 것이다.

"솔바람님, 예전의 그 장남 콤플렉스랄까, 자기감정을 잘 표현하지 못했던 버릇이 지금도 삶에 나타나세요? 그러니까 누군가에게 좋아한다거나, 기쁘다거나 이런 표현을 잘 못하게 되지 않나요?"

"맞아요, 지금도 아내에게 늘 미안합니다. 장남답게 살아야 한다는 압박감이 아예 성격으로 고착되어버렸는지 아내나 자식에게도 내 감정이나 내가 바라는 것을 잘 이야기하지 못하겠더라구요."

솔바람은 이번에 독서치료 모임이 끝나고 나면 아들하고 여행을 가겠다고 했다. 여행을 하면서 아버지와의 관계에서 자신이 후회하고 있는 것들을 다 말해주겠다고 했다. 그리고 자기가 아들에게 바라는 것, 아들이 자기에게 바라는 것도 다 말하고 들어보겠다고 했다.

솔바람의 아픔은 달팽이의 상처처럼 깊고 어두운 것은 아니었다. 그는 누구보다 의연히 자기를 다스려왔다. 아쉬움은 있지만 한은 없었다. 하지만 그 의연한 삶 속에서도 혼자 지고 가는 아픔은 있었던 것이다. 화병으로 남을 정도는 아니지만, 수십 년 세월 동안 가슴속에 잘게 부서진 채 흩어져 있는 미련이 아주 많았다. 다행히 그는 독서치료 과정에서 그런 헛헛한 마음을 다독이며 스스로 위로하는 길을 찾아냈다.

솔바람은 마지막으로 달팽이에 대해 이야기했다. 그가 마음을 열지 못하고 중도 탈락한 게 너무 안타깝다고 했다.

"내가 인생의 선배로서 좀더 끌어주지 못한 것이 정말 괴롭습니다. 사실 우리나라 남자들은 이런 얘기들을 쉽게 꺼낼 수 없는 문화 속에서 살아왔어요. 현재에도 그런 자리가 별로 없는 형편이구요. 그 사람도 여기서 많은 위로를 받고 자기 문제를 넘어설 수 있었다면 정말 좋았을 텐데……"

존재의 이유

아무것도 기다리지 않는 삶, 무엇인가를 위해 꼬박 밤을 새우는 열정도, 가슴 저 밑에서 뿌 듯함이 올라오는 감동도 없는 삶, 성취하고 싶은 목표가 없는 삶은 죽은 삶이다. 허무는 별 게 아니다. 꼭 하고 싶은 일이 없으면 그게 허무다.

　　　　얼마 전에 20년 동안 안방극장
의 스타로 온 국민의 사랑을 받아온 한 여배우가 자살
로 생을 마감했다. 사람들이 그 사건에 충격 받은 건 고인이 워낙
유명한 스타여서도 그렇지만, 스스로 목숨을 끊을 만큼 그렇게도 힘들
었나 의아해서이기도 하다. 고인은 몇 년 전에 고통스러운 일을 겪어가
며 이혼을 했지만 그 후 훌륭하게 재기에 성공했다. 사랑하는 두 자녀에
게 정성을 쏟으며 꿋꿋이 살아가는 똑순이 같은 모습도 언론에 자주 보
도되었다.

　　미모의 인기 연예인인 데다, 단짝 친구들도 많고, 경제적으로도 여
유 있다. 보통 사람들이 보기에 이만 하면 죽을 이유가 없어 보인다. 악
성 루머로 고통 받았다고는 하나, 목숨을 끊을 만한 이유로는 좀 부족한

것 같다. 그럼에도 그녀는 죽었다.

누구에게도 죽는 건 쉬운 일이 아니다. 그 누구도 가벼운 마음으로 자살을 준비하지는 않는다. 겉으로 드러난 것만 갖고는 알 수 없는 혼자만의 깊은 고통이 있기에 그런 결단을 내리게 된다. 그 여배우는 오래전부터 우울증에 시달리며 약을 먹어왔다고 한다. 그리고 주변 사람에게 죽음을 암시하는 말도 여러 번이나 했다고 한다. 그런 말이 퍼지자 인터넷에 갑자기 우울증에 대한 상식과 자살을 막는 방법 등 관련 글들이 우르르 올라오기도 했다. 자살을 결심한 사람은 주변에 어떤 식으로든 자기가 곧 죽을 것이라는 사실을 알린다고 한다. 그러니 누가 "죽고 싶다"고 말하면 그냥 흘려듣지 말라는 것이다. 자살의 암시는 자살하지 않도록 도와달라는 호소이기도 하므로 적극적으로 관심을 기울여야 한다는 말이다.

우울증은 우리나라 사람이 앓는 정신질환 가운데 가장 높은 비율을 차지하고 있다. 통계에 의하면 지난 3년간 우울증 환자는 두 배 가까이 증가했으며, 우울증 치료에만도 지난 한 해 동안 1조 원에 육박한 진료비가 쓰인 것으로 나온다.

정황을 보면 그 여배우는 조금 충동적으로 자살을 한 것 같다. 하지만 그건 죽기 직전 그 순간에 충동적이었다는 거지 별 이유도 없는데 느닷없이 자살이 하고 싶어진 건 아닐 것이다. 스스로 목숨을 버리기까지, 그 동기는 사람마다 다르겠지만 밑바닥을 들여다보면 공통점이 있다.

바로 삶의 의미를 잃었다는 점이다. 모든 일이 무의미해 보이고, 자기 존재조차 아무런 가치가 없는 듯하다. 간절히 기다리는 것도 없고, 이루고 싶은 목표도 없다. 소중한 것도 없다. 그렇게 아무것에도 관심이 가지 않고 의욕이 생기지 않으면 살아야 할 이유마저 못 찾게 되는 것이다. 그렇게 되면 사는 것이 죽는 것과 별반 다를 것 없이 여겨진다.

독서치료 모임에서 만난 그녀, 장미도 이런 감정을 호소했다. 장미는 당시 서른일곱 살 난 교사였다. 그녀는 첫 시간에 자기진단지를 작성하고 돌아가며 '현재의 나'를 말하는 시간에 "지금 여기서 삶을 더 이어가야 할지, 딱 접어야 할지를 많이 고민하고 있음"이라고 말해 사람들을 놀라게 했다. 자살할지 말지 고민한다는 말 아닌가. 독서치료 모임에 오는 사람들은 저마다 마음에 상처 하나씩은 갖고 있지만, 처음부터 그렇게 극단적인 말을 하는 사람은 흔치 않다.

장미는 미혼이었고 나이에 비해 무척 젊고 발랄해 보였다. 화장기 없는 앳된 얼굴에 청바지 차림, 20대라고 해도 믿을 만큼 생기가 도는 얼굴이어서 그만 살아야 할지 더 살아야 할지 고민하는 사람으로는 보이지 않았다.

"미래 모습은 어떨 것 같으세요?"

"미래는, 지금의 문제가 해결되면 삶이 연장되겠지만 아니면 없는 거지요, 미래가."

언제 죽을지 모른다는 이야기다. 대놓고 자신이 자살할지도 모른다는 말을, 그것도 아주 무심히 말하는 것을 들으면서 마음이 무거웠다. 어떤 식으로 그 마음에 들어갈 수 있을지 막막하기도 했다.

장미에게 자기 이야기를 좀 들려줄 수 있느냐고 물었다. 장미는 의외로 담담하게 마음을 꺼내놓았다. 상처가 깊은 사람은 대개 자기 이야기를 하기 전에 꽤 머뭇거리고 소극적인 태도를 보이는데 장미는 달랐다. 모든 게 이미 남의 일처럼 덤덤한 모양이었다. 말투조차 시들하고 권태로웠다.

하루가 끝나고 집에 가면 허무하다고 했다. 오늘 하루도 아무 의미 없이 보냈구나, 하는 생각만 든단다. 결혼은 생각해보지 않았느냐고 물었다. 결혼이란 걸 꼭 해야 되느냐고 반문한다. 혹시 결혼생활의 부정적인 면들을 많이 보아온 건 아닌가 싶어 물어보았더니 그런 건 아니라고 했다.

"결혼을 하면 현실적이 될 것 같아 싫어요."

"현실적이 된다는 게 무슨 뜻이지요?"

"결혼을 하면 남편이 생기고 아이도 생길 거고, 그러면 가족 때문에 무언가를 해야 되잖아요. 그런 의무감이 생기는 게 싫어요. 중고등학생 때는 열심히 공부해야 하고, 대학에서는 취직 준비를 해야 하고, 직장에 다니면 또 다음 목표를 위해 무엇을 해야 하고, 그렇게 틀에 박힌 무언가를 성취하기 위해 과업을 가져야 한다는 게 너무 싫어요."

'과업'이라는 표현이 인상적이었다. 장미는 어떤 목표를 좇아 아등

바둥하는 게 싫은 것이다. 목표나 희망이란 그녀에게 하기 싫은 일을 억지로 하게 만드는 '과업'일 뿐이었다. 장미는 아파트에 혼자 살고 있다고 했다. 교사 월급을 혼자 쓰고 있으니 경제적으로 어렵지는 않을 것이다. 혼자 사는 게 편하냐고 물으니 그렇다고 한다.

너무 쉽게 자기 이야기를 툭툭 하니까 '왜 자살할 생각을 하느냐' 하고 묻기가 오히려 이상했다. '허무하니까요' '사는 게 의미 없으니까요' 하는 식으로 심드렁하게 대답하면 그만인 것이다. 장미의 표정은 특별히 어두워 보이지는 않았다. 다만 모든 게 시들하고 재미없다는 듯 뚱했다. 묻는 말에 선선히 대답을 잘하는 것도 그런 문답에 아무 의미를 두지 않기 때문인 듯했다. 마음에 자물쇠가 채워져 있는 건 분명하지만, 어떤 특별한 경험으로 인해 받은 상처 때문이라기보다는 장기간에 걸쳐 서서히 사는 일에 무심해져 온 것 같았다.

장미에게는 남다른 장점이 하나 있었다. 독서토론을 할 때, 장미는 다른 사람이 하는 이야기의 주제에서 벗어난 말을 잘했다. 그런데 그 말이 다른 사람들은 미처 생각지 못한 의표를 찌르는 경우가 많았다. 엉뚱한 이야기를 하는 것 같지만 거기에 놀라운 통찰이 담긴 경우가 많았다. 한마디로 장미는 남들이 관심을 두지 않는 주변 문제에까지 생각을 뻗고 거기에서 의미를 해석하는 능력이 있었다.

그래서 나는 토론 중에 그 점을 가리켜 "장미님은 사이드에 참 강하세요" 하고 말한 적이 있다. 남들의 눈길이 미치지 않는 곳을 보고 생각할 줄 아는 점을 격려한 것이다. 그런데 그날, 장미에게서 메일이 왔다.

받은 메일:
선생님,
어제도 역시 제게 대단히 의미 있는 모임이었습니다.
집에 오는 버스 안에서 두 시간 반에 걸쳐 쏟아진 이야기들을 되새
겨보았습니다.
선생님께서 초입에 이렇게 말씀하셨죠.
"장미님은 역시 사이드에 강하다."
눈치 채셨을 수도 있지만 그 멘트에 강한 반발을 느꼈습니다.
물론 제가 선생님이 예전에 말씀하신 예. "말만 잘한다"라는 케이스
일 수도 있겠습니다.
말씀의 의도를 좀더 알고 싶어 메일을 띄웁니다.
만난 시간이 길지 않지만 또 짧다고만 하기에는 자신을 많이 드러
낸 깊이 있는 만남이었다고 생각합니다.
선생님이 찾아내신 저의 경향이 무엇인지 알고 싶어요.
바쁘신 일상에 또 하나의 부담을 드려 죄송합니다.

장미는 내 말을 오해하고는 이렇게 서운한 감정을 실어 전해왔다.
오해는 즉각 푸는 게 제일이다. 나는 허겁지겁 답 메일을 보냈다.

보낸 메일:

또 하나의 부담이라니요?

천만의 말씀!!!

또 하나의 맑은 샘을 떠 올리는 기쁜 마음입니다.

"정미님은 사이드에 강하다." 이 말이 거슬렸군요.

저는 아이들에게 항상 중심만 보라고 하지 않습니다.

주인공만 염두에 두라고 하지 않습니다.

왜냐하면 주인공이 아닌 다른 인물들이 가지는 정말 큰 역할과 의
미가 훼손되거나 외면당하는 것을 너무 많이 봤았기 때문입니다.

그런데 곧은 길, 탄탄한 길, 화려한 길을 걸어온 사람은 그 사이드를
의식하거나 사이드의 아픔을 모릅니다. 그건 아파본 자만이, 눈물
의 가치를 아는 자만이 발견해내는 보물입니다.

우리 모임에서, 아무도 보지 못하는 사이드들, 좀더 자세히 표현하
면 아웃사이더들이랄까요? 그들의 아픔을 수면으로 건져 올려내시
는 분이 선생님이었습니다.

늘 '이걸 사람들이 알까? 상담원 중에 이걸 읽으며 그 아픔을 맛봤
을까?'라고 짐짓 기대했던 것을…… 다른 사람이 아닌 꼭 선생님
이 건드려더라구요.

그때!!

알았습니다. 선생님이 내 과라는 걸.

거봐요. 나는 좋은 의미로 말했는데 말만 잘한다고 스스로 해석하

는 면…….

나도 그랬다고 하지 않았나요? 우리 참 많이 닮았어요.

그래서 장미님께 애착이 갑니다.

이제는 덜이 됐을까요?

힘내고 오늘 하루 파이팅 하세요.

내 답장으로 오해는 풀렸는데, 아무튼 이런 것이 장미만의 독특한 성향이었다. 몇 회기였나, 하루는 장미에게 데이트 신청을 했다. 장미는 책을 읽고 토론을 할 때에도 어떤 주제이든 관심을 두지 않고 방관자로 앉아 있기만 하기에 밖에서 따로 한번 만나고 싶었다. 그렇게 해서 모임 두어 시간 전에 단둘이 만나게 되었다.

만나는 날 나는 장미에게 줄 작은 선물을 준비했다. 처음부터 마음 먹은 건 아니고 마침 친구의 생일 선물을 살 일이 있어 백화점에 들렀다가 장미에게 줄 선물도 하나 산 것이었다. 장미가 자주 입고 다니는 재 킷에 어울릴 만한 스카프였다.

"우리가 밖에서 처음 만난 것을 기념하고 싶어서 하나 샀어요."

선물을 받은 그녀는 매우 기뻐했다. 좀 의외였다. 자살을 생각하거나 자기 삶에 무기력해 있는 사람은 좀처럼 감동을 하지 않는다. 무엇에 놀라는 경우도 별로 없다. 세상을 보는 눈이 시들해져 있어 웬만한 일에는 마음이 반응하지 않는 것이다. 그런데 장미는 무척 고마워했고 정말로 기분이 좋은 듯했다. 그러면서 선물에 대한 보답으로 밥은 자기가 사겠다고 했다. 맛있는 것을 고르라 했지만 내가 원래 뭐든 가리지 않고 먹는 편이라 떡볶이나 먹자고 했다.

우리는 길거리 포장마차에서 떡볶이, 만두, 오뎅을 먹으며 이야기를 나눴다. 이야기는 주로 내가 했다. 그날은 무슨 이야기를 듣고 싶어서 만난 게 아니라 마음을 나눌 계기를 만들고 싶었던 것이기에 내가 힘들었던 때 이야기를 들려주었다. 그리고 그때 나에게 손을 내밀어주었던 사람들에 대한 고마움을 이야기했다. 장미는 다소곳이 내 말에 귀 기울여주었다. 그리고 같이 모임에 들어갔다. 그날의 책은 《괭이부리말 아이들》이었다. 그 소설은 달동네를 배경으로 해서 가난한 사람들 이야기가 많이 나온다. 배가 고파 먹을 것을 훔치는 아이, 어머니에게 버려진 아이, 술 취한 아버지에게 매 맞는 아이······. 이런 사람들의 이야기를 읽으며 어떻게 해야 부모와 아이 사이가 건강해질 수 있는지에 대해 각자 생각을 나누었다.

그때 장미는 모처럼 자기 이야기를 꺼냈다. 장미에게는 언니가 있다고 했다. 언니는 어머니와 닮고 장미는 아버지를 닮았다. 어머니는 굉장히 현실적이고 이해타산에 민감한 사람이란다. 사람 사이의 모든 관계를 오직 돈 문제로만 결부시키는 사람. 그리고 딸들에게도 "살아가는 데에 도움이 되지 않는 친구는 사귀지도 말라"고 당부했단다. 언니는 어머니처럼 살아가는데 장미는 그런 어머니가 너무 싫다고 했다.

그날은 거기까지만 들었다. 현실적 이해타산, 과업, 장미 입에서 나오는 이런 단어들로 어렴풋이 느껴지는 게 있었지만 그녀를 힘들게 했던 게 무엇인지 정확히 알 수는 없었다. 장미에게 조금 더 자세한 이야기를 듣게 된 건 그 다음 주, 1박 2일 워크숍에서였다. 그날 어떤 분이 부모 사이의 갈등에 대해서 이야기했는데, 그 고백에 용기를 얻었는지 장미도 자기 부모 이야기를 꺼냈다.

아버지는 선비 같은 기질을 가진 사람이라 했다. 생각이 건강하고 윤리적이라는 것이었다. 어머니는 그런 아버지를 한심해하며 늘 구박하고 잔소리를 했다. 어머니 시각에선 법 없이도 살 수 있는 사람이란 사회적 무능력자일 뿐인 것이다. 장미는 아내에게 인정받지 못하는 아버지가 불쌍하고, 어머니가 싫다고 했다. 그런 어머니 아버지 모습을 보며 가치관이 다른 사람끼리 함께 사는 게 얼마나 힘든가를 알게 됐기 때문에 결혼이 두려워 이제까지 결혼 생각을 안 했다는 것이다. 앞선 이야기가 과거에 관한 것이라면 여기에서부터는 장미의 현재 내면 모습일 것이다.

장미는 세상의 일반적 시선에 불만이 있다고 했다. 결혼을 하든 말든, 사람을 적극적으로 사귀든 말든 그건 개인의 선택일 뿐 아닌가. 그런데 사람들은 자기를 단지 남과 다른 사람으로 보는 게 아니라 무언가 잘못된 사람으로 본다는 것이다. 자기가 인간관계를 맺는 데에 좀 소극적이긴 하지만 그렇다고 남에게 피해를 주는 것도 아닌데 왜 이상한 사람, 비정상적인 사람으로 보느냐는 것이다.

자신의 삶을 비정상으로 규정하는 다른 사람의 시선에 대해 그녀는 강한 어조로 불만을 토로했다. 교사의 직분은 누구 못지않게 성실히 수행하고 있는데, 자기를 이상하게 보는 사람들은 그것마저 제대로 평가해주지 않는다는 것이다. 그랬구나……. 나는 그녀의 외로움을 알 것 같았다.

사실 장미가 토로하는 이야기는 그 자체만 보면 크게 심각한 문제가 아니다. 세상에는 구구절절하고 파란만장한 사연을 지닌 사람이 많다. 상담치료를 하면서 듣는 것만으로도 가슴이 메고 연민이 저절로 우러나는 이야기를 많이 접한다. 그런데 장미가 털어놓은 이야기는 어머니가 너무 현실적인 이해관계만 중요하게 생각하는 사람이어서 자기와는 맞지 않았다는 것, 아버지를 구박하는 어머니가 보기 싫다는 것 정도다. 거기에 하나 더, 인간관계에 소극적이고 결혼을 꺼리는 등 사회에서 요구하는 모습에서 조금은 벗어난 삶을 산다는 것만으로 비정상 취급을 받는다는 데 불만이 있다는 점. 이해하고 공감할 수 있는 이야기이지만 조만간 자살이라도 할 것처럼 비탄에 잠길 만한 사연은 아니라 여겨졌다. '애걔, 그 정도로 죽는다면 세상에 살아남을 사람 하나도 없겠네?' 누가 이렇게 비아냥거리는 마음을 품는대도 이상할 것이 없을 정도라 생각했다.

하지만 그런 게 바로 일반적인 시선이요 편견의 굴레다. 똑같은 잣대를 자살한 여배우에게 갖다 댈 수도 있다. '유명하고 돈 많고 절친한 친구도 여럿 있으면서 왜 죽어?' 하는 생각에 이해가 잘 안 될 수는 있다. 아이도 둘이나 있으면서 순간적인 충동에 휩쓸린 게 안타까울 수도 있고 말이다. 하지만 스스로 목숨을 끊은 사람의 절박한 심정을 속속들이 안 다고는 할 수 없다. 남모를 아픔, 그 하나 때문에 사람은 자살할 수 있다.

장미는 아버지를 닮아 고상한 품성을 타고난 것 같다. 남을 배려하고, 선한 것을 지향하고, 돈보다는 의미를 먼저 생각하는 그럼 품성. 그런데 어머니는 그녀가 지향하는 가치를 쓸모없고 하찮은 것으로 치부했다.

'세상을 올바른 잣대만 가지고 살 순 없잖아' 하는 정도가 아니라 장미의 생각을 아예 쓰레기 취급했다. 한심하고 무능력하게만 보았다. '그놈의 고고한 성품이 밥 먹여줘?' 하는 불만을 가슴에 가득 안고 남편을 비난하고 아버지를 닮은 장미에게도 잔소리를 퍼부어댔다. 아버지야 어머니와 동급에 있는 사람이니 그나마 괜찮다. 잔소리를 들으면 씁쓸하겠고 상처 입겠지만 아내 때문에 새삼 자기 가치관이나 삶의 태도를 바꾸지는 않아도 된다. 하지만 자식의 처지는 다르다. 어릴 때부터 자기 천성과 맞지 않는 가치관을 강요당하고 행동 하나하나를 구속당하면 정신적으로 올바른 성장을 하기 힘들다.

장미는 어머니 생각에 반발하면서 또 한편으로는 세뇌를 당했을 것이다. 장미는 자기 성향대로 사는 것에 당당하지 못하면서 그렇다고 반대쪽의 가치관을 받아들이지도 못했다. 어떤 행동이 옳은지, 어떤 게 진짜 의미 있는 삶인지 혼란스러운 마음으로 유년기와 10대, 20대를 지나왔다. 그러면서 마음으로 무엇인가를 열망하고, 추구하고, 꿈꾸는 법을 잊어버렸다. 아니, 처음부터 배우지 못했을 것이다. 어차피 자기 생각은 쓸데없는 망상에 지나지 않는다는 생각을 하며 희망보다는 좌절감을 먼저 배운 것이다.

아무것도 기다리지 않는 삶, 무엇인가를 위해 꼬박 밤을 새우는 열정도, 가슴 저 밑에서 뿌듯함이 올라오는 감동도 없는 삶, 성취하고 싶은 목표가 없는 삶은 죽은 삶이다. 허무는 별 게 아니다. 꼭 하고 싶은 일이 없으면 그게 허무다. 장미는 어린 시절부터 어머니의 조롱과 야유로 인해 가치 지향적인 자기 품성을 봉쇄당했고, 자기가 좋아하고 눈길이 가는 것일수록 남의 눈치를 살피며 머뭇거리는 습성이 생겼을 것이다. 단 한 번도 무엇을 적극적으로 욕망하거나 신념을 세워본 일이 없을 것이다. 자아실현의 욕망이 없는 삶이 되어 버린 것이다.

그렇게 되면 산다는 일이 밋밋하고 무의미할 수밖에 없다. 매일 매일이 비슷한 날들의 반복일 뿐이다. 그런 사람이 죽음을 생각해본다는 건 이상한 일이 아니다. 죽은 듯이 사는 거나 그냥 죽는 거나 마찬가지라 느껴질 테니 말이다. 하지만 주변에서 어느 누가 그런 그녀의 내면을 읽어줄 것인가. 장미는 외로웠을 것이다. 아침에 눈을 떠 직장에 나가는 일이 그녀에겐 아무런 의미 없는, 살아 있으니까 하게 되는 '과업'일 뿐이다. 퇴근해 집에 돌아오면 아무것도 달라질 것 없는 내일이 벌써 눈에 보인다.

'내일은 차라리 죽어버리면 어떨까!' 무지막지한 고통 때문이 아니라 그저 의미가 없어서, 권태로워서, 딱히 희망을 품고 기다릴 일이 없어서 죽음을 생각해보게 된다.

심리학적으로 그녀에게 필요한 건 사소한 기쁨을 배워가는 일이다. 그러면서 차츰 꼭 하고 싶은 일의 목록을 자기 안에 만들어가야 한다. 그러면 삶은 살아볼 만한 것으로 바뀐다. 주변의 모든 일에 의미가 생긴다. 얼마 전 본 영화 〈버킷 리스트〉에서처럼 말이다. 그 영화는 죽음을 앞둔 두 남자가 갑자기 죽기 전에 하고 싶은 일들을 각자 목록으로 만들어 나눠 보고는 서로 그 일을 성취하도록 도와준다는 이야기였다. 자신의 처지와 형편 때문에 포기하고 미루어왔던 일들, 때론 용기가 없어 시도하지 못했던 일들, 오해와 갈등으로 인해 손 내밀지 못하고 돌아서야만 했던 인연들! 살 날이 얼마 남지 않았기에 오히려 그 제한된 시간을 분주하고 의미 있게 보내는 장면들이 인상 깊게 남았다. 어차피 인생은 시한부. 몹쓸 병에 걸리지 않더라도, 자살하지 않더라도 누구나 때가 되면 죽는다.

워크숍이 끝난 후 나는 장미에게 개인적으로 장영희의 《문학의 숲을 거닐다》라는 책을 권했다. 그리고 얼마 후에는 원래 프로그램에 들어 있는 《내 생애의 아이들》을 함께 읽었다. 두 책은 모두 교사의 소명에 관해 말한다. 교사가 하는 일이 얼마나 귀한지, 아이들을 사랑하고 좋은 방향으로 인도하는 일이 얼마나 아름답고 해볼 만한 일인지가 담겨 있다. 다행히 장미는 이 메시지를 받아들였다. 그 전에도 성실한 교사이기는 했으나 그건 타고난 성품으로 자기 직분에 충실했던 것뿐이다. 그러나 이런 책을 읽고서 장미는 차츰 교사로서 자기 일에 재미와 기쁨을 느끼기 시작했다. 저녁이면 자기 반 아이들에게 힘내라고 문자도 보낸다고 했다. 이제는 일을 의무가 아닌 마음으로 받아들여 열심히 할 의욕이 생긴 것이다.

장미가 이 정도 변한 모습을 보면서 프로그램을 마쳤다. 그리고 몇 달 후에 장미를 사적으로 다시 만났다. 그때 모습이 얼마나 밝고 건강해 보였는지 그 얼굴을 보자마자 내 기분이 아주 환해졌다. 그날도 함께 떡볶이를 먹었다. 장미는 스스로 자기가 삶을 바라보는 시각이 많이 달라졌다면서 자랑이라도 하듯 기쁜 고백을 했다. 그러다가 결혼 이야기가 나왔을 때 말했다.

"그것도 생각해봤는데, 결혼은 그냥 안 하는 걸로 결론지었어요. 안 하는 게 내 삶에는 맞는 것 같아요. 그래서 독신으로 살려구요."

"외롭진 않겠어요?"

그렇게 말하면서도 나는 기뻐해주었다. 결혼을 하고 안 하고를 떠나 자기 생각을 당당하고 자연스럽게 말하는 장미의 모습이 좋아 보였다. 장미는 마침내 자기 주관을 갖게 된 것이다. 전에는 결혼을 하든 안

하든 자신의 문제가 아니라 남의 문제였다. 결혼을 하고 싶지 않으면서도 이에 대해 남이 어떻게 생각하는지, 어떤 게 정상이고 비정상인지 늘 신경 쓰면서 스트레스를 받았다. 그러나 이제는 자기 삶을 스스로 주관하는 당당한 의식을 갖게 되었다. 장미는 또 동료 교사들과 지리산 종주를 다녀온 이야기도 해주었다. 지리산을 넘는 동안 서로 아프면 약도 발라주고 짐도 대신 들어주고 하면서 처음으로 동료들과 깊은 연대감을 느꼈다고 했다. 동시에 나도 누군가에게 필요한 존재구나, 하는 존재감도 느꼈다는 것이다. 생각하면 너무 평범한 일이다. 함께 산행을 하면서 도움을 주고받고, 그러는 가운데 동료의식도 느끼고 스스로 자부심도 느끼는 정도는 우리 일상에 흔히 있는 일이다. 그런데 이러한 동료의식과 존재감 회복이 남들에겐 감동의 크기가 2 정도 된다면 그녀에게는 7에서 8 정도로 의미 있게 자리한다.

그런 정도의 일에 감동한다는 건 이제까지 그녀의 삶이 얼마나 무미건조하고 단조로웠던가를 말해준다. 그녀의 삶을 갑갑하게 틀어막고 있던 건 사실 아주 단순한 마음 하나였다. 그런데 그렇게 단순한 마음의 고비 하나를 못 넘어서게 할 만큼, 어린 날 어머니의 압력은 그녀 인성에 지대한 상처를 남겼다. 그녀는 그 때문에 자살할 수도 있었다. 그러나 마음에 엉킨 매듭 하나가 풀리자 모든 게 단숨에 바뀌었다. 오늘과 내일이 똑같은 권태로운 삶에서 일상의 모든 게 기쁨이 될 수 있는 삶으로 바뀌었다. 헤어지는 시간에 불쑥 물어보았다.

"이제 삶을 연장하나 중단하나 하는 고민은 안 하세요?" 장미는 대답 없이 씩 웃기만 했다. 이 글을 통해 고맙다고 해야겠다. 그녀가 지리산에서 느낀 그 감동을 전해 듣고, 올 여름 우리 가족이 서로 격려하고 손잡아주고 이끌어주며 그 길을 함께할 수 있었다는 것에 대해.

분노가 나를 삼킬 때

자기가 화나는 이유를 알았다고 해서 대번에
감정이 조절되지는 않는다. 우리가 늘 겪는 일
이다. 내가 지금 뭣 때문에 화가 나 있다는 걸
안다고 해서 화가 금방 수그러들던가? 감정은
감정대로 처리하는 기술이 필요하다.

"덜커덕 덜커덕 크르릉 덜커덕 덜커덕."

증기기관차가 사라지면서 이제 기차 소리를 대표하던 '칙칙폭폭' 소리는 드라마나 영화에서나 가끔 듣지 현실에서는 좀처럼 들을 수 없다. 그러나 '빠앙' 하는 경적 소리나 기차 바퀴 굴러가는 소리는 여전하다. 기차 소리를 들을 때 사람들은 어떤 기분일까? 여행, 고향, 이별, 대개 이런 단어와 연관된 기억을 떠올리지 않을까? 기차 소리에는 낭만과 향수가 어려 있다. 사람마다 자기가 지닌 추억의 빛깔에 따라 조금씩 다른 느낌을 받겠지만 대부분의 사람들에게 기차 소리는 낡은 사진첩을 들여다볼 때와 비슷한 감정을 갖게 한다.

설령 슬프고 쓸쓸한 기억이 서려 있다 할지라도 이미 오래 전 일이기에 아련한 그리움부터 출렁이게 만드는 소리, 그게 기차 소리다. 그러나 어떤 사람은 기차 소리를 듣고 불길한 기분에 사로잡히기도 한다. 그런 사람은 기차와 관련한 무언가 어둡고 두려운 기억이 있을 것이다. 어떤 사람이 특정한 소리, 냄새, 색채에 유난한 반응을 보인다면 틀림없이 그와 이어진 모종의 사건이 있다. 본인이 그것을 기억하든 못하든.

기차 소리만 들으면 화가 난다는 사람이 있었다. 독서치료 프로그램에서 만난 40대 남성, 올빼미. 기차 소리를 들으면 자기도 모르게 분노가 치솟아 주체할 수 없다고 했다. 이유 없이 침울해지고, 짜증도 나고, 그래서 사소한 일로 주변 사람과 다투게 된다는 것이다. 올빼미는 기차 소리가 다른 날보다 유난히 크게 들려올 때면 꼭 술을 마셨다. 그러고는 집에 들어가 아내와 아이에게 화를 폭발시켰다. 그럴 때면 아내와 아이는 당연히 당황한다. 이유도 없이 불같이 화를 내는 아버지를 보며 아이는 겁먹은 채 어쩔 줄 모르고, 아내는 어이없어서 따진다. 도대체 왜 이러느냐, 밖에서 무슨 일이 있었느냐, 저 아이 질려 있는 거 안 보이느냐, 아무리 아이라도 자기가 왜 혼나는지는 알아야 되는 것 아니냐, 하면서.

올빼미도 이유를 모르니 할 말은 없다. "입 닥쳐, 당신이 뭘 안다고 까불어!" 그저 이런 식으로 더 크게 화를 내기만 할 뿐이다. 아내도 아이도, 그리고 올빼미 자신도 미칠 노릇. 대체 이 남자에게는 어떤 일이 있었던 걸까?

독서치료 프로그램을 진행하다 보면 여러 회기 동안 책을 탐구하는 여행은 계속되고, 그때그때 여러 가지 책을 읽지만 그중 특히 마음에 와 닿는 책은 저마다 다르게 마련이다. 올빼미의 마음을 틀어쥐고 있던 아픔의 근원이 무엇인지 아는 데 실마리를 제공해준 건《괭이부리말 아이들》이다. 그 책에는 가난한 달동네를 배경으로 한 온갖 힘겨운 사연이 나온다. 아버지가 술을 마시고 가족을 폭행하는 건 괭이부리말에서는 지극히 흔한 일이다. 그 동네에서는 어른들은 늘 화를 내고 아이들은 늘 외로움과 무서움에 떤다.

　"자, 혹시 이 책을 읽으며 나한데도 주인공들에게서 보이는 이런 비틀어진 감정은 없는지, 또 때로 울컥울컥 분노가 치솟는 일은 없는지, 만약 있다면 한번 이야기해보지요."

　올빼미가 기차 소리에 민감하다는 이야기는 그때 나왔다. 사람들은 그 말을 듣고 웃었다. 다른 사람이 진지하게 털어놓는 말에 웃음으로 반응하는 건 실례이긴 하지만 왠지 엉뚱하게 들리는 게 사실이니 웃은 사람을 나무랄 수만도 없다. "그럼 기차 소리 안 들리는 곳에서 살면 되잖아요? 거리에 흔한 자동차 소리가 아닌 게 그나마 다행이네요" 하고 재미있다는 듯이 말하는 사람도 있었다.

　"그런데 그게, 제가 철도청에 근무하거든요."

　이쯤 되면 웃을 수조차 없다. 황당한 것이다. 아니, 딱 시트콤에 어울릴 만한 코믹한 상황이다. 돈 세는 소리만 들리면 화가 나는데 은행에

근무한다면, 휘발유 냄새만 맡으면 화가 나는데 주유소에 근무한다면,
주사기만 보면 화가 나는데 병원에 근무한다면?

사람들이 조용해졌다. 상황은 시트콤처럼 코믹한데 그게 실제 상황
이라 하니 갑자기 야릇한 엄숙함 같은 게 느껴졌던 것이다. 우리는 누구
나 각자 하나둘쯤은 피할 수 없는 상황에 둘러싸여 살아가고 있지 않은
가. 철도청에 근무한다는 한마디로 사람들은 갑자기 올빼미가 견디고
있는 고통의 심각성을, 아니 어쩌면 자신들이 견디고 있는 '피할 수 없
는' 어떤 문제들을 떠올린 것이리라.

"그러면 올빼미님, 기차 소리가 들릴 때 왜 분노의 감정이 올라오는
지 생각해보신 적 있어요?"

"화가 나는 것에만 당황해서 그런 생각을 해보진 못했어요. 화를 풀
기에만 급급했지요."

"집에서 화를 내고 나면 가족에게 미안하긴 하지요? 그들에게 아무
잘못도 없다는 걸 아시니까요."

"미안하긴 한데, 나를 이해 못해주는 게 서운하기도 해요."

"선생님이 부인이라면, 이유도 없이 무조건 화를 내는 남편을 어떤
식으로 이해하시겠어요?"

"그렇게 말씀하시면 할 말이 없기는 한데, 아무튼 나는 정말 화가
나서 나 자신도 미치겠거든요. 특히 술을 마시면 걷잡을 수 없이 화가
치밀어요. 직장 동료나 친구들은 그러는 걸 보고 저더러 주사가 심하다

고 해요. 그런 게 아닌데, 술을 마시면 기차 소리가 환청처럼 계속 들려오니까 나도 어쩔 수가 없어서……."

남자가 독서치료 프로그램을 신청한 계기는 아내의 가출이었다. 견디다 못한 아내가 편지를 써놓고 집을 나갔던 것이다.

"나는 당신과 살면서 한시도 마음 편한 적이 없었다. 이유도 없이 화를 내고 자기감정을 몰라준다고만 하니 뭘 어떻게 해야 할지 모르겠다. 나도 내 인생이 있는데 더는 이렇게 살 수 없다. 당신을 감당할 수가 없다."

올빼미는 충격을 받았다. 이제까지는 그냥 사람 사는 게 다 이런 것이려니 하고 살아왔는데, 막상 아내가 집을 나가고 나니 자기 문제의 심각성이 확 느껴졌다. 아내를 찾는 건 문제가 아니었다. 아내가 돌아온다 한들 자기 문제부터 해결하지 않으면 언제라도 다시 나갈 수 있다고 생각한 것이다. 그래서 책도 읽어보고 이것저것 조언을 구할 만한 데를 알아보다가 우리 프로그램에 찾아오게 된 것이었다. 기차 소리가 자신에게 무슨 의미인지, 자기 기억 속에서 그것을 찾아야만 풀릴 문제였다. 무언가 의식 속에 가라앉아 있는 기억이 있을 것이었다.

"한번 이렇게 해보세요. 올빼미님이 기억할 수 있는 가장 어릴 때로 되돌아가보는 거예요. 그러면서 기억나는 것을 적어보세요. 시간 순으로 거슬러 올라가보아도 좋고, 문득 떠오르는 일들을 써도 좋아요. 특별히 기차와 관련된 기억을 찾으려고 애쓰지는 않아도 돼요. 그냥 가장 어릴 때의 기억으로 한 발 한 발 들어가보는 겁니다."

올빼미는 기억 속으로 여행을 시작했다. 처음에는 초등학교 1학년 때가 가장 어릴 때의 기억이었다고 했다. 그 이전은 전혀 기억이 없었다. 그런데 머리를 집중해 기억의 회로를 끈질기게 더듬어보니 어렴풋이 떠오르는 게 있었다. 이때를 주목하고 집중적으로 파고들어가는 것이 중요하다. 흔히 사람들은 이렇게 집중한다고 금세 사라진 기억이 돌아오느냐고 의아해하는데 자신의 무의식 세계로 들어간 기억은 끌어올리는 데 시간이 걸리나 전의식 속에 자리한 기억은 조금만 노력해도 쉽게 의식 세계로 끌어올릴 수가 있다.

예전에 자아 여행을 함께한 한 무리와 하룻밤을 지내며 워크샵을 할 때도 이렇게 신기한 경험을 한 적이 있다. 스스로 그 사건, 그때의 감정이 불편하거나 직면하는 것이 두려워 수면 밑으로 내려놓고 보지 않았을 뿐이다. 어느 정도 용기가 생기고 지금 내게 벌어지는 일련의 문제를 풀려면 의식 저변에 있는 과거의 일을 만나야 한다는 당위성을 가지고 의지를 가지면 숨은 과거 일은 쉽게 내 의식 세계로 돌아온다. 올빼미도 그랬다. 한 번 기억의 실마리가 떠오르자 그 기억 언저리에 자리한 주변 상황까지 고구마 줄기에 달린 고구마처럼 줄줄이 엮여 나왔다. 그렇게 풀어놓은 기억은 이러했다.

올빼미는 부모와 떨어져서 어느 시골로 보내졌다. 어머니가 몸이 약하거나 건강이 안 좋았던 것 같다. 시골에는 노부부가 있었다. 친가나 외가 쪽 할아버지 할머니는 아닌 듯하다. 그 전에도 후에도 만나본 적이 없기 때문이다. 노부부는 남자를 매우 따뜻하게 대해주었다. 자식이나 친손자처럼 귀여워해주었다. 늘 좋은 옷을 입히고, 맛있는 것을 해주고, 신발을 신길 때면 흙먼지를 탈탈 털어 신겨주었다. 올빼미 인생에서 가장 편안하고 즐겁고 행복한 시절이었다.

그런데 어느 날 집으로 돌아가게 된다. 노부부가 사준 가방을 메고서. 아마 초등학교에 입학할 때가 되어 부모 곁으로 돌아간 것 같다고 한다. 기차역에서 노부부와 헤어졌다. 기차에 올라 창밖을 내다보니 노부부가 울고 있었다. 올빼미도 울었다. 그리고 잠시 후 기차가 떠난다.

"덜커덕 덜커덕 크르릉 덜커덕 덜커덕." 할아버지와 할머니가 조금씩 멀어진다. 즐겁고 행복했던 시절이 저만치 휙휙 뒤로 밀려간다. 집으로 돌아왔다. 어머니는 여전히 몸이 약해서 올빼미를 보살피지 못한다. 어머니라기보다는 허약한 한 여자일 뿐이다. 그러면 아버지는? 아버지는 낯설고 무서웠다. 어머니 몫까지 대신한다고 그랬는지 올빼미의 모든 것을 간섭하면서 엄격한 규칙을 강요했다. 게다가 새로 맞닥뜨린 학교 역시 규율과 지시만이 있는 곳이었다. 올빼미에게는 어리광을 부리거나 투정을 할 대상이 없었다.

올빼미가 돌아온 집은 노부부와 함께 지내던 곳과는 너무도 다른 낯설고 무서운 세계였다. 그는 학교에서 친구들과 자주 싸움을 했고, 학교를 마치면 집에 가기 싫어 거리에서 시간을 보내다가 석양이 질 무렵에는 뒷동산에 올라 혼자 눈물을 흘리곤 했다. 아버지에게 투정하거나 대든다는 건 생각하지도 못했다. 아버지는 감히 가까이 할 수도, 넘을 수도 없는 거대한 산이었다. 어디에도 호소하지 못하는 분노가 그의 가슴에 깊이 쌓여갔다. 여기까지가 올빼미가 찾아낸 자신의 기억이었다.

유기불안은 흔히 어릴 때 부모와 떨어지거나 부모로부터 버려질지 모른다는 생각에서 나오는 불안감인데, 올빼미는 반대였다. 부모에게 돌아가는 길이 행복에서 멀어지는 길이었다.

그는 노부부에게서 자궁과도 같은 완벽한 편안함을 느꼈던 것 같다. 부모의 경우는 아무리 너그러운 심성이더라도 아이들에게 거는 기대가 있어 이것저것 간섭하고 구속하게 된다. 그런데 노부부는 남자에게 어떤 기대도 하지 않고 무조건 잘해주기만 했다. 그러다 보니 상대적으로 자기 부모는 어려웠다. 특히 아버지는, 실제로 얼만큼 무서운 분이었는지 상관없이 마치 군대의 상관처럼 낯설고 엄격하게만 느껴질 수밖에 없었다.

올빼미는 오이디푸스 콤플렉스 단계를 정상적으로 지나오지 못했다는 생각이 든다. 잘 알려진 대로 오이디푸스 콤플렉스는 아버지를 적으로 여기는 감정이다. 이런 감정은 아버지 대신 어머니를 독차지하고 싶은 욕망 때문에 나타나는 것으로 보통의 아이들은 네다섯 살쯤 겪기 시작한다. 아이들이 이 오이디푸스 콤플렉스를 극복하게 되는 건, 자기 힘으로는 도저히 아버지를 이길 수 없다는 걸 자각하면서, 차라리 아버지를 닮자, 아버지의 존재를 받아들이자, 하는 자기 안의 타협이 시작되면서다. 그것은 타협이면서 동시에 자기 현실, 가족관계에 대한 이해다. 자기를 아버지와 동일시하고 싶고, 빨리 아버지처럼 힘 있는 어른이 되고 싶다는 마음이 이때부터 시작된다.

"올빼미님에게는 아버지를 자연스럽게 받아들이는 시간이 비어 있었던 것 같네요. 유년기를 함께 보내지 않고 초등학교 갈 나이에 갑자기 아버지를 접하게 되자 그냥 압제자처럼 어렵고 무섭기만 했던 거지요. 할머니와 할아버지를 자기에게서 떼어낸 사람이기만 했겠지요. 노부부가 보고 싶다거나 찾아가보고 싶다는 말은 아마 한 번도 못 하셨겠지요?"

"네, 그랬어요. 그런 말을 했다가는 아버지나 집을 싫어한다는 말로 비칠까봐 두려웠던 것 같아요."

올빼미는 어릴 때부터 자기감정을 억눌러왔다. 부모에게 어리광을 부리거나 무얼 졸라본 적도 없고, 집이 아니라 낯선 곳에 붙들려 와 있는 기분으로 늘 우울하게 지냈다. 그러면서 다시는 갈 수 없는 노부부의 집만 꿈꾸었다. 그에게 기차 소리는 행복한 유년이 끝나는 소리였다. 동시에 단 한 번도 제대로 드러내지 못한 그리움과 분노를 상기시키는 소리였던 것이다.

나는 올빼미에게 〈왕의 남자〉라는 영화를 한 번 보라고 권했다. 연산군을 보여주고 싶어서였다. 함께할 시간이 넉넉했다면 《금삼의 피》

등 연관군 관련 책을 읽고 이야기를 나누고 싶었지만 그럴 시간이 없어 당시 한창 흥행하고 있던 영화를 대신 추천했다. 영화를 권하면서 연산군 이야기는 미리 하지 않았다.

그 다음 모임에서였다. 영화 어땠느냐고 물었더니 올빼미가 먼저 연산군 이야기를 꺼냈다. 그는 머쓱하게 웃으면서 대답했다.

"연산군의 모습이 딱 나던데요."

"어떤 대목에서 특히 그런 느낌이 왔어요?"

"연산군이 장녹수의 치마 속으로 들어가서 엄마, 엄마, 하고 어리광 피우는 장면이요. 솔직히 제게 엄마에 대한 그런 목마름이나 그리움이 있다고는 상상도 못했습니다. 저에겐 엄마도 아버지만큼이나 어려웠던 분이거든요. 연산군이 한없이 천진난만한 표정으로 장녹수 품에 안길 때 자꾸 눈물이 나왔습니다."

"눈물이 났다고 했는데, 그렇게 눈물이 나왔을 때 어떤 감정이 느껴지던가요. 예를 들면, 후련했다든지 편안했다든지."

"억울했어요. 그리고 연산군이 불쌍했어요."

연산군은 어린 나이에 어머니를 강제로 잃었다. 어머니에게 깊은 애착을 느끼며 사랑을 받아야 하는 당연한 권리를 박탈당한 것이다. 거기에 더하여 아버지는 다만 무서운 사람일 뿐이었고, 어머니의 빈자리를 대신해주지 않았다. '아버지 닮기'가 빠진 연산군, 아버지가 되기를 꿈꾸며 자연스럽게 어른으로 커가는 과정을 겪지 못한 연산군은 잃어버린 어머니만을 한없이 그리워하며 비뚤어진 폭력 성향을 갖게 된다. 그것은 연산군의 잘못이 아니었다.

연산군이 그리워하는 어머니가 올빼미에게는 노부부였고, 강제로 빼앗긴 행복한 유년시절이었다. 연산군의 애절함, 연산군의 분노와 복수의 살육을 바라보면서 올빼미는 자기 안의 분노와 애절한 그리움을 객관적으로 들여다볼 수 있었다. 모두들 연산군을 욕하고 두려워하기만 하다가 하나둘 그의 곁을 떠난다. 올빼미가 말했다. 아내도 그래서 자기를 떠난 것 같다고. 자신이 마음속 분노를 다스릴 줄 몰랐고, 푸는 방법을 알지 못했기에 아내는 아내대로 자기를 이해할 수 없었을 것이라고. 자신의 분노의 뿌리를 이해했기 때문에 이제는 주변 사람들에게 이유 없이 화내지는 않게 될 것 같다고, 이유 모를 분노를 받아내느라 힘들었을 아내에게는 그저 미안할 뿐이라고.

"이제 부인을 찾아가실 거예요?"

올빼미는 미더운 태도를 보여주었다. 당장은 아내를 만날 수 없다고 했다. 자신이 확실히 변했다는 걸 아내에게 보여주고 싶다고 했다. 그러려면 스스로 먼저 확신을 가져야 할 텐데, 지금은 머리로만 이해한 거지 감정은 아직 모르지 않느냐는 것이었다. 차분히 자기 자신을 더 지켜보고 싶다고 했다. 그렇다. 자기가 화나는 이유를 알았다고 해서 대번에 감정이 조절되지는 않는다. 우리가 늘 겪는 일이다. 내가 지금 뭣 때문에 화가 나 있다는 걸 안다고 해서 화가 금방 수그러들던가? 감정은 감정대로 처리하는 기술이 필요하다. 게다가 올빼미처럼 오래 묵은 분노는 이제는 거의 버릇처럼 굳었기 때문에 어느 정도 감정 조절 연습이 필요한 게 사실이다. 올빼미가 화를 조절하는 법이 있으면 가르쳐달라고 했다.

"느슨한 대결법이라는 게 있어요. 누구나 일단 분노를 느끼면 그 감정 자체가 스스로 확대재생산 되면서 마구 뻗어나가거든요. 눈덩이처럼 불어나지요. 그럴 때는 현재 상황에서 한 발 물러나는 거예요. 그건 평소에 미리 생각해두는 것만으로 충분해요. '앞으로 화가 날 땐 이렇게 하자' 하고 말이에요. 여러 가지가 있는데, 일단 다른 공간으로 가서 기분을 전환하는 거예요. 베란다로 나가 거리를 잠시 내다보는 것도 좋고, 그 순간의 자기감정을 종이에 적는 방법도 있어요. 방법은 많아요. 그 순간의 대결 상황에서 한 발 빼는 것이면 무엇이든 좋아요. 몇 번만 해보면 습관이 돼서, 나중에는 화가 나는 것과 동시에 감정이 스스로 후퇴를 하게 되지요."

아버지 역할에 대한 정체성이 잡혀 있지 않아 혼란을 겪는 가장들이 의외로 많다. 얼마 전에도 비슷한 사례를 보았다. 한 남자 이야기다. 그는 부모가 너무 바빠 친할머니에게 맡겨져 어린 시절을 보냈다. 그런데 외국주재원으로 나가 있으면서 가족과 많이 다투었다고 한다. 국내에 있을 때에는 워낙 바빠 몰랐는데, 외국에 나가 가족과 같이 있는 시간이 늘어나면서 자기 안에 이렇게 결함이 많았는지 고민하게 되었다.

"당신, 원래 이렇게 화를 잘 내는 사람이었어요?"

"아빠는 이런 것도 몰라요? 아빠면서 만날 화만 내고……."

아내와 아이들에게 그런 말을 많이 들었다고 했다. 어려서는 아버지의 아들이었다가 커서 아버지가 되는 나로 성장하는 과정을 자연스럽게 넘기지 못한 사람들은 자기도 모르는 새에 어딘지 삐거덕거리는 구석을 갖게 될 수도 있다.

이건 홀부모 밑에서 자란다거나 할머니에게서 자란다거나 하는 가족 상황의 문제가 아니다. 미혼모나 이혼 가정이 늘어나는 현대사회에서 전통적인 가족구조만 최선의 가치로 생각하며 다른 가족 형태를 '결손'으로 표현하는 건 올바른 시선이 아니다. 부모 없이 할머니 한 분에게 자란 아이도 얼마든지 건강할 수 있다. 문제는 필요한 시기에 필요한 역할을 배우는 것이다. 감정 분출을 자연스럽게 하며 자라야 한다. 그런 여건은 홀부모나 할머니 한 사람도 얼마든지 마련해줄 수 있다. 결손 가정은 없다. 무관심에서 비롯된 '결손 정서'만이 있을 뿐이다.

다행히 올빼미의 아내는 나중에 집으로 돌아왔다. 올빼미도 이제 기차 소리를 들어도 화내지 않는다. 이유를 스스로 알고 있으니 최소한 자기가 비정상이 아닌가 하는 막연한 불안과 초조감은 벗어날 수 있었던 것이다. 이제는 훨씬 홀가분하게 그 소리를 음미하기도 했다. 가슴 저 편에서 올라오는 그리움을 더해서……. 오늘 여러분을 불안하게 하는 소리, 냄새, 색깔은 무엇인가? 그런 게 있다면 조용히 기억의 갈피를 뒤져보라. 거기에 당신이 미처 해결하지 못한 채 흘리고 온 어떤 일이 당신의 기억의 손길을 기다리고 있다.

아픔을 태워버린 아버지

"알았다. 군불만 때고 들어가마."

아버지는 돌아보지도 않은 채 아궁이만 들여다

보고 있었다. 마른 나뭇가지가 타고 있는 아궁

이 속으로 아버지는 종이를 찢어 휙휙 던져 넣

고 있었다.

유서를 써보는 날이었다. 어떤 거
창한 의미를 담기보다는 그냥 일기를 쓰는 마음으로 써보라고 했다.

"오늘의 일기는 내가 죽는다는 가정을 하고 쓰는 것입니다. 살아온
날을 회상하면서 자기 마음을 기록해보세요."

그때 한 여자, 물보라가 손을 들고 말했다.

"선생님, 저는 일기를 따로 안 쓰는데요."

"하하, 요즘 일기 쓰는 어른이 별로 없지요. 이건 수업으로 하는 거
니까 그냥 편하게 쓰시면 돼요."

"저는 안 쓰는 게 아니라 쓸 수가 없어서 못 써요."

반사적으로 나는 잠깐 긴장했다. 뭔가 사연이 있으리라. 유서는 제
쳐두고 나는 먼저 물보라의 말을 좀 들어보고 싶었다. 그렇지 않아도 물

보라는 눈에 띄는 사람이었다. 그녀는 말은 많지 않으면서도 수업 때마다 매번 눈물을 흘리곤 했다. 소설 속 이야기에 금방 감정이 동화되어 자기 일처럼 눈물을 흘리곤 했다. '무슨 아픔이 저렇게 많을까? 그런데 왜 말은 거의 안 하고 눈물만 흘릴까?' 하고 무척 궁금하던 차였다.

"일기를 못 쓴다는 말이 흥미롭네요. 왜 못 쓰시는 거죠?"

"저는 제 일기를 아버지에게 헌정했어요."

'헌정!' 예사롭지 않은 말이다. 게다가 아버지에게 일기를 헌정했다니, 무슨 사연이 있을까? 그날 유서를 써보기로 한 수업은 물보라의 이야기를 듣느라 물 건너가 버렸다. 물보라의 이야기는 이렇게 느닷없이 터졌다.

물보라는 언니가 넷에 바로 위에 오빠가 하나 있다. 딸만 줄줄이 넷을 낳다가 겨우 아들을 하나 얻었는데, 생각지 않게 또 태어난 딸이 물보라인 것이다. 물보라는 어릴 때부터 노골적으로 자기를 무시하는 말을 들으며 자랐다. 특히 아버지가 그랬다.

"너는 왜 태어나가지고 우리를 힘들게 하냐!" 아버지는 그런 말을 아무렇지도 않게 던졌다. '나는 잘못 태어난 아이구나……' 아주 어릴 적부터 물보라는 늘 그런 생각을 하며 잔뜩 주눅 들어 지냈다. 그러다 보니 부모에게 뭔가 요구해본 적이 없다. 잘못 태어난 아이가 감히 무슨 어리광을 부리고 무엇을 사달라 조를 수 있겠는가. 게다가 집안은 찢어지게 가난했다. 옷이든 학용품이든 언니들이 쓰던 것만 물려받아

썼는데, 언니들도 새로 산 좋은 것을 쓰는 경우는 거의 없었다.

중학교를 졸업할 때 물보라는 공부를 너무 하고 싶었다. 그러나 집안 형편을 생각하면 말도 못 꺼낼 이야기였다. 언니들도 학교 갈 엄두를 못 내는 상황이었다. 태어나지 말았어야 할 주제에 중학교 다닌 것만도 감지덕지해야 할 일이었다. 물보라는 큰언니 앞에 엎드려 펑펑 울었단다. 공부가 정말 너무 하고 싶다고, 자기 좀 도와달라고. 다행히 언니는 물보라의 마음을 이해해주며 꼭 공부하라고 했다. 물보라는 방직공장에 취직해 야간 고등학교를 다녔다. 집에 보내주고 남은 돈을 극도로 아끼면서, 거기에 언니가 아버지 몰래 조금씩 부쳐주는 돈을 합해 겨우 학비를 냈다. 자취방에 연탄불이 꺼져 추운 겨울에 이불 하나로 차가운 바닥을 견딘 적이 한두 번이 아니다. 어릴 때부터 못 먹고 자라 체격이 부실한 데다 그렇게 힘들게 10대를 보낸 탓에 그녀의 몸은 늘 깡말라 있었다.

어렵게 고등학교까지는 마쳤지만 누구 앞에서도 자신감이 없었다. 외모에도 자신 없고 가정형편에도 자신 없고, 무엇보다 자기는 잘못 태어난 존재라는 자격지심이 뿌리 깊이 박혀 있었다. 열등감이나 자신감 부족 정도가 아니라 강한 자기비하감에 짓눌려 있었던 것이다. 당연히 연애도 제대로 하지 못했다. 누구를 먼저 좋아한다는 건 꿈도 못 꾸었고, 어떤 남자가 좋아한다며 다가오면 밀어내기 바빴다. 아무도 자기를 진심으로 좋아하지는 않을 거라는, 자기는 누구에게도 사랑받을 자격이 없는 여자라는 마음의 덫에 갇혀 살았다.

　보통 사람들도 사랑에 한번 심하게 다치고 나면 새로운 사랑이 나타났을 때 본능적으로 뒷걸음질친다. 자기방어를 위한 경계다. 버려지는 게 두려워 먼저 버린다는 게 이런 경우다. 그런데 물보라의 경우는 단순히 버려지는 걸 두려워하는 것 이상이었다. 자기 자신이 별 볼 일 없는 존재라고 스스로 인정해버린 것이다. 영혼에 깊은 멍이 들어 있었다고 봐야 한다. 이런 극심한 자기비하감은 무조건 자기를 믿어주고 무조건 자기편이 되어주는 사람을 만날 때만 풀어질 수 있다. 그런 사람을 만나는 일은 쉽지 않다. 그런데 다행히 물보라에게 그런 남자가 나타났다. 물보라는 당연히 이 남자도 밀어냈다. 상대는 대학을 나왔는데, 자기는 고작 야간 고등학교 출신에 부모와 떨어져 홀로 근근이 살고 있는 처지가 너무 초라해 그 남자를 받아들일 수 없었다.

　회사에서 좋은 조건으로 무슨 일을 맡겨도 물보라는 '나 같은 게 할 수 있겠어?' 하고 지레포기하곤 했다. 그럴 때마다 남자는 물보라를 격려하고 응원해주었지만 그래도 용기가 나지 않았다. 포기하고 체념하는 게 이젠 습관처럼 굳어진 상태였다. 그런데 어느 날 남자의 회사에서 시화전이 있었다. 남자가 물보라에게 시를 써 내보라고 권유했다. 물보라는 역시 여러 번 사양하다가 무언가 쓰고 싶다는 마음이 생겨 글을 써 보았고, 남자의 격려에 힘 입어 시화전에 출품했다. 그렇게 써 낸 시가 덜컥 입상을 했다. 물보라는 난생 처음 인정을 받는 느낌에 얼떨떨했다고 한다. 그리고 상을 받으러 가기 전날에는 너무 두려웠다고 한다. '이건 꿈일 거야, 이 꿈에서 깨어나면 얼마나 허망할까, 차라리 이런 꿈은 꾸지 말아야 하는데.' 이게 그녀의 심정이었다. 상을 받고, 남자가 케이크를 사가지고 와 축하해주니 겨우 꿈이 아니라는 걸 받아들일 수 있었다.

그러면서 물보라는 생각했다. '내 삶에 정말 이렇게 좋은 남자가 허락될 수 있나? 내가 이런 사치를 누려도 되나?' 그렇게 수없이 갈등하다가 마침내 남자의 마음을 받아들이고 결혼을 했다. 결혼하고 나자 남편은 물보라에게 야간대학을 가라고 권유하며 적극 지원해주었다. 물보라는 대학에 다니기 시작했다. 학교에서 공부를 할 때마다 정말 좋았다. '내가 대학에 다니다니, 세상에 내가 대학생이라니……'

어느 날, 물보라는 당당히 대학생이 되어 있는 자기 모습을 부모님에게 보여주고 싶다는 생각이 들었다. 그래서 참으로 오랜만에 고향집을 찾아갔다. 그런데 고향에 내려가는 버스 안에서 문득 생각나는 게 있었다.

'아, 내 일기장!'

외롭고 힘들 때마다 쓰던 일기였다. 몇 년간 계속 써와서 공책 네다섯 권이나 되는 많은 분량이었다. 그 일기에는 자신에 대한 온갖 한탄스러운 자학이 서리서리 박혀 있었다. 뿐인가. 아버지에 대한 미움과 원망도 수없이 적혀 있었다. 심지어 아버지가 '넌 왜 태어나서 나를 힘들게 하냐'라고 한 말을 곱씹으며 이렇게 적은 적도 있다.

"내가 태어나고 싶어서 태어났냐구. 아버지 정욕 때문에 어쩔 수 없이 태어난 거잖아. 난 당신이 죽어 버렸으면 좋겠어. 당신은 아버지도 아니야!"

10여 년 만에 그 일기장이 갑자기 생각난 것이다. 공장에 가면서 마지막으로 책꽂이 어느 곳엔가 꽂아둔 건 기억이 났다. 책꽂이라고 해 봐야 열 몇 권이나 꽂혀 있는 작은 책장이니 누구든 보았을 수 있다. '세 상에, 아버지가 내 일기를 보았다면?'

물보라는 시골집에 도착하자마자 남모르게 책장부터 뒤졌다. 안 보였다. '다른 데 두었나? 틀림없이 여기에 꽂았는데, 누가 무심코 내다 버렸나? 아버지가 보고는 나 혼내려고 어디에 보관하고 있는 건 아닐까?' 물보라는 온통 일기장 생각에 정신이 없는데 어머니는 모처럼 딸이 내려왔다고 즐거워하고 있었다.

"애, 네 아부지가 너 닭 삶아 멕인다고 저렇게 난리다. 아부지가 나이가 들어서 그런지 인제는 네가 예쁘다고 하더라. 저번 언젠가는 너를 안 낳았으면 어쩔 뻔했냐는 말까지 하더라."

어머니는 믿기지 않는 말을 하고 있었다. 아버지가 그럴 리 없다고 생각했지만 물보라는 굳이 반박하지 않고 가만히 앉아 있었다. 얼마 후에 어머니가 말했다.

"아부지 인제 불 그만 때고 들어오시라고 해라."

물보라는 부엌으로 갔다. 부엌에는 큰 가마솥이 걸려 있고, 그 앞에서 아버지가 물을 끓이기 위해 아궁이에 불을 지피고 있었다.

"아부지, 엄마가 이제 그만 들어오시라는데요."

"알았다. 군불만 때고 들어가마."

아버지는 돌아보지도 않은 채 아궁이만 들여다보고 있었다. 마른 나뭇가지가 타고 있는 아궁이 속으로 아버지는 종이를 찢어 휙휙 던져 넣고 있었다. 그 순간 물보라의 눈이 동그래졌다. 아버지가 찢어 불 속에 던지는 종이는 분명히 일기장이었다. 아버지가 물보라의 일기장을 발밑에 두고는 한 장 한 장 찢어서 아궁이 속으로 던져 넣고 있었다. 물보라는 아무 말도 못했다. 그게 자기 일기장이라고 말하면서 뺏을 수도, 이 일기 읽었느냐고 물어볼 수도 없었다. 물보라는 그 자리에 멍하니 서 있기만 했다. 아버지는 여전히 고개 한 번 돌리지 않고 일기장을 찢어나가고 있었다. 일기장의 오래된 종이는 아궁이 속으로 들어가자마자 활활 불이 붙었다. 일기 한 장이 던져질 때마다 화르르 새 불꽃이 올랐다가 가라앉았다.

"선생님, 그거 아세요? 공책 한 장 한 장이 아궁이로 들어가 불탈 때마다 내 마음의 오래된 열등감의 딱지가 하나하나 떨어지는 것 같았어요. 그렇게 후련하고 편안할 수가 없었어요. 눈물이 나면서도 참 기뻤어요."

물보라는 자기가 과거에 품었던 감정들이 고스란히 들어 있는 일기장을 아버지가 대신 처리해준 것이 고마웠다고 했다. 책꽂이에 그대로 꽂혀 있었다면 어떻게 처리해야 좋을지 막막했을 것이라면서……. 다시 읽으며 과거의 우울함에 침잠하기도 싫고, 처리하자니 한탄스러울지언정 그 또한 자기의 일부인 지난 시간들이 뭉텅뭉텅 잘려나가는 듯한 생각도 들어 마음이 몹시 복잡했다고 한다. 그런데 그걸 아버지가 땔감으로 쓰며 한 장 한 장 없애고 있었으니, 어떤 정화의식을 치른 것만 같았다고 했다. 아버지가 그 일기를 읽었는지는 아직도 모른다고 했다. 그 후로도 일기장에 대해서는 아버지든 누구든 아무와도 이야기한 적이 없으니까.

짐작건대 물보라의 아버지는 그 일기를 읽었을 것 같다. 그전에 벌써 읽고는 책꽂이에 그대로 보관하고 있다가 오랜만에 막내딸이 내려온다는 말을 듣고는 태워 없애기로 작정한 게 아닐까. 그랬다면 그것은 아버지 자신에게도 정화의식이었을 것이다. 딸의 일기장을 태우면서 아버지는 자기 안에 맺힌 마음도 함께 던져 넣었을지 모른다. 일부러 딸이 보는 앞에서 그렇게 일기장을 태우는 것으로 그동안 딸의 가슴을 아프게 한 일을 사과하고, 또 딸이 당신을 원망하고 비난한 지난 일을 이해하고 용서한다는 표현을 한 것이리라.

미움과 그리움의 불협화음

어른이 되면 아버지를 이해하게 될까? 어머니
의 저 무기력한 삶도 이해하게 될까? 알 수 없
었다. 한 가지 확실한 건, 어느 쪽도 결코 이해
하고 싶지 않다는 것이었다. 그런 걸 이해해야
하는 게 어른이라면 어른도 되고 싶지 않았다.

늦은 밤. 거실에 아버지와 딸이 마주앉아 있다. 아버지는 소주를 마시고 있다. 침울한 표정으로 직접 따라 마시며 가끔 냉소적으로 혼자 소리 없는 웃음을 흘리곤 한다. 퇴근해 돌아온 후 옷도 갈아입지 않아 양복차림 그대로다. 중학생인 딸은 무표정한 얼굴로 거실 바닥에 눈길을 깔고 있다. 가끔 고개를 들어 힐끗 아버지를 바라볼 때면 눈빛이 적의에 차 있다. 아버지를 미워하고 있다는 것이 한눈에 보인다. 당장이라도 일어나 자기 방으로 가고 싶은데 억지로 앉아 있는 모습이다.

어머니는 친정에 다니러 가 오늘은 들어오지 않는다. 식탁에는 어머니가 차려놓고 간 저녁 밥상이 그대로 있다. 딸은 밥맛이 없어 라면으로 때웠고, 아버지는 집에 들어오자마자 술부터 찾았다. 딸은 어머니가 없어 차라리 안심이다. 오늘은 아버지가 어머니를 때리는 걸 보지 않아도 되기 때문이다. 하지만 어머니 대신 아버지 술주정을 받아주는 게 고역이다. 물론 아버지가 자기는 안 때린다는 걸 알고 있다. 아버지의 폭력 대상은 어머니뿐이다.

딸은 문득 생각한다. 어쩌면 오늘 어머니가 친정에 간 건 아버지가 계획한 일인지 모르겠다고 말이다. 아버지가 벌써부터 자기와 이야기를 하고 싶어한다는 걸 딸은 알고 있었다. 딸은 그래서 오히려 아버지를 피해왔다. 아버지와는 어떤 이야기도 나누고 싶지 않았다. 딸은 아버지가 경멸스러웠다.

"미선아!"

아버지가 딸의 이름을 불렀다. 딸은 대답도 하지 않고 고개도 들지 않았다.

"아빠와 엄마는 서로 맞지 않아. 너는 네 엄마만 불쌍하다고 생각할지 모르지만 나도 힘든 거 많아. 네 엄마는 혼자 불쌍한 티는 다 내면서 속으로는 나를 무시하고 깔보는 여자야. 나는 결혼한 후 한번도 행복한 적이 없어."

"엄마는 어땠을 것 같아요?"

딸이 고개를 쳐들어 아버지를 쏘아본다.

"그래, 네 엄마도 그렇겠지. 우리는 어차피 안 맞는 부부야. 너 아니면 벌써……."

"벌써 뭐요? 엄마가 이혼하고 싶어하는데 아빠가 안 해줬잖아요?"

"넌 아빠 엄마가 이혼하길 바라냐?"

"……."

"만약 이혼한다면 넌 누구하고 살래?"

"이혼하고 싶으세요?"

"내가 묻잖아."

"……."

딸은 거기까지 생각해본 적이 없다. 부모가 이혼하길 꼭 바라는 것도 아니다. 그건 왠지 두렵다. 하지만 하루가 멀다 하고 술 취해 들어와 어머니를 때리는 아버지를 더는 보고 싶지 않다. 종일 눈물을 매달고 사는 어머니를 보는 것도 힘들다. 당장이라도 가출을 하고만 싶다. 모든 게 지긋지긋하다.

"사실은 아빠가 너한테 할 얘기가 좀 있다."

아버지의 목소리가 무겁게 가라앉는다. '흥, 결국 그 얘기로군.' 딸은 아버지가 무슨 이야기를 하려고 하는지 안다. 얼마 전에 딸은 시내에서 충격적인 장면을 보았다. 아버지가 젊은 여자와 함께 있는 장면이었다. 모텔에서 나오는 두 사람을 보았을 때 딸은 너무 놀라서 그 자리에 멍청히 서 있었다. 두 사람은 다정한 연인의 모습으로 웃으며 걸어 나왔다. 거리에서도 팔짱을 끼고 있었다. 딸은 길 건너편에 우두커니 선 채로 그 모습을 바라보았다. 어느 순간 아버지가 이쪽으로 고개를 돌렸다.

아버지와 딸의 눈이 마주쳤다. 먼 거리였지만 아버지는 당황하는 기색이 역력했다. 딸은 날카롭게 아버지를 노려보았고, 아버지가 먼저 고개를 돌리고는 황급히 걸음을 옮겼다.

"저번에 네가 본 그 여자 말이다……."

"아버지 애인이요?"

딸의 도발적인 목소리에 소주잔을 들던 아버지의 손이 멈칫했다. 아버지는 짧게 한숨을 토하더니 소주를 입에 확 털어 넣었다. 그러고는 담배를 꺼내 불을 붙였다.

"그래, 솔직히 말하마. 나는 네 엄마에게 사랑을 못 느낀다. 나도 어쩔 수 없어서 그러는 거야. 이런 말 하기는 뭐하다만 네가 이해를 해라."

"지금 그게 딸 앞에서 할 수 있는 말이에요? 저 중학생밖에 안 돼요, 아빠. 그런데 아버지가 바람피우는 걸 이해하라구요?"

딸은 아버지 얼굴조차 보기 싫었다. 딸 앞에서 연민의 감정을 구걸하는 아버지가 역겹기만 했다.

"네 마음은 이해한다만, 너도 봐서 알잖아, 우리 부부가 어떻게 살고 있는지."

"네, 똑똑히 알지요. 만날 술 마시고 엄마 두드려 패면서 살고 있지요. 차라리 엄마가 바람피운다면 이해가 될 거예요."

딸은 결코 어머니처럼은 살고 싶지 않았다. 어머니는 불쌍하지만 못난 여자였다. 아버지만큼은 아니지만 딸은 어머니도 보기 싫었다. 몇 번 아버지에게 이혼을 요구하긴 했지만 어머니는 사실 이혼할 자신도 없는 여자였다.

"미선아!"

아버지가 다시 딸의 이름을 불렀다. 힘없이 가라앉아 있는 목소리를 들으니 아주 잠깐이지만 아버지도 결혼생활이 불행할 거라는 생각이 들기는 했다. 그러자 딸은 눈물이 나오려고 했다. 어느 해던가, 온가족이 함께 놀이공원에 가서 즐겁게 하루를 보냈던 날이 생각났다. 전생의 일처럼 아득한 기억이었다. 딸은 눈물을 참기 위해 숨을 깊이 들이마셨다.

"너에게 그런 모습을 보여서 나도 부끄럽다. 하지만 아빠도 남자이고 아직 젊어. 네가 좀 이해해라. 솔직히 아빠도 다른 여자 만나는 건 이번이 처음이야. 너도 크면……."

딸은 듣기 싫다는 듯 발딱 일어났다.

"아빠! 지금 그걸 말이라고 하세요? 저는 지금 아빠하고 이런 이야기를 나누는 게 너무 싫어요. 내가 엄마라면 난 당장 죽었을 거예요. 나는 엄마하고 살 테니까 아빠는 그 여자랑 사세요. 우리 다 버리고 마음대로 하세요!"

딸은 문을 쾅 닫고 자기 방으로 들어가버렸다. 딸은 책상에 앉자마자 귀에 이어폰을 끼고 음악을 들었다. 아무것도 생각하고 싶지 않았다. "미선아" 하고 아버지가 두어 번 부르는 것 같았지만 딸은 음악의 볼륨을 더 높이기만 했다. 다 싫고 다 지겨웠다.

다음날이다. 이날은 일요일이었다. 느지막이 일어난 딸이 거실로 나와 보니 아버지는 어제 술 마시던 자리에서 그대로 쓰러져 잠이 들어 있었다. 소주병 세 개가 아무렇게나 뒹굴고 있고 거실 바닥에는 피다 만 담배꽁초가 흩어져 있었다. 딸은 그쪽으로 눈길도 주기 싫어서 얼른 밖으로 나갔다. 문방구에 들러 내일 학교에서 필요한 몇 가지 준비물을 사고는 동네 놀이터에 한참 앉아 있었다. 집에 들어가고 싶은 마음이 눈곱만큼도 없었다. 딸은 놀이기구에서 한가롭게 노는 아이들을 물끄러미 바라보았다. 빨리 어른이 되고 싶다는 생각이 들었다. 대학생만 되면 집에서 독립해 나갈 생각이었다.

어른이 되면 아버지를 이해하게 될까? 어머니의 저 무기력한 삶도 이해하게 될까? 알 수 없었다. 한 가지 확실한 건, 어느 쪽도 결코 이해하고 싶지 않다는 것이었다. 그런 걸 이해해야 하는 게 어른이라면 어른도 되고 싶지 않았다. 딸은 옷을 털고 일어났다. 집 말고는 딱히 갈 데도 없었다. 딸은 무거운 발걸음을 옮겨 집으로 들어갔다. 문을 여는 순간 눈살이 저절로 찌푸려졌다. 아버지는 아까 자세 그대로 널브러져 있었다.

"아빠, 인제 그만 좀 일어나세요!"

딸은 소주병을 치우며 큰 소리로 아버지를 깨웠다. 아버지는 꿈쩍도 하지 않았다. 주변 정리를 끝내고 나서 딸은 다시 아버지를 깨웠다. 그런데 이상했다. 몸을 잡아 흔들어도 아버지는 아무 반응이 없었다. 아버지의 몸 전체가 딱딱하게 굳어 있었다. 딸은 순식간에 머릿속이 하얗게 비었다.

"아빠!"

아버지의 온몸을 마구 흔들었다. 아버지가 나무토막처럼 뻣뻣하게 흔들렸다. 손을 만져보았다. 차갑고 딱딱했다. 딸은 온몸에 소름이 돋았다. 황급히 아버지 코에 귀를 갖다 댔다. 아버지는 숨을 쉬고 있지 않았다.

"아빠! 아빠!"

아버지의 사망 원인은 심장마비였다. 딸의 신고로 119구급차가 왔지만 이미 시신이 된 몸을 병원 영안실로 옮긴 게 전부였다. 사망 시각은 딸이 음악을 듣다가 막 잠자리에 들었던 새벽 한 시경으로 추정되었다.

나와 마주앉아 이 이야기를 털어놓은 미선의 손끝이 파르르 떨렸다. 처음에는 너무 힘들었다고 한다. 그러나 시간이 지나자 이상하게도 아버지가 자기와 어머니에게 못했던 것보다는 함께 행복하게 지낸 시간들만 기억이 난다고 했다.

"그래, 지나간 건 모두 아름다운 기억으로 남게 되지. 힘들고 어려운 건 다 잊히는 법이야. 그게 돌아가신 분들의 특권이라면 특권이겠지. 살아서 어떤 일을 했든 면죄부를 받게 되는 거. 지금이라도 아버지를 그런 마음으로 떠올린다는 게 나쁜 건 아니야. 그게 살아 있는 너 자신을 위해서도 좋은 일이야."

"아니요, 선생님! 저는 그게 더 화가 나요. 왜 면죄부를 그렇게 쉽게 받는 거지요?《우리들의 행복한 시간》읽었잖아요, 거기에 보면 유정이는 자기를 버렸던 엄마에게 살아가는 동안에 늘 투정을 부리잖아요. 원망하고 미워하고 그러다가 또 용서하기도 하고 엄마를 이해하기도 하고……. 같이 살면서 차츰 다 풀어가잖아요. 저는 그럴 대상이 없어요. 미워할 수도 용서할 수도 없어요. 그냥 돌아가시고 없으니까 할수 없이 좋은 일만 기억하는 것뿐이라구요."

미선은 아버지하고 아직 계산할 게 남아 있었다. 계산이 끝나야 용서든 이해든 할 텐데, 이야기가 끝나기도 전에 돌아가셔서 자기 안의 분노와 상실감, 이런 감정들을 어떻게 처리해야 좋을지 모르고 있었다.

"그래요, 선생님. 마음껏 투정도 하고 원망도 하고, 그러다가 제풀에 지쳐 스스로 미움을 철회해야 하는 거 아니에요? 이건 강제로 용서하고 강제로 면죄부를 주는 거라구요!"

나와 처음 만났을 때 미선은 스물여덟 살이었다. 그녀는 독특한 상실감을 앓고 있었다. 소중한 것을 잃어버린 상실감이 아니라, 계산할 게 남아 있는데 계산할 상대가 없는 데에서 오는 불안정한 공허였다. 퍼부을 것은 퍼붓고 받을 것은 받으면서 부딪치면서 풀어야 하는데, 물 흐르듯 자연스럽게 분노를 풀고 치유해야 하는데 그 대상이 없어진 것이었다. 그렇게 되면 온전히 과거를 떠나보낼 수가 없다. 사랑해서가 아니라, 미워해서가 아니라, 정리가 안 되었기에 그냥 잡고 있는 것이다. 어찌 해야 할지 모르는 채 마음 한 구석에 잡아놓고 있는 그 과거는 시시때때로 어떤 문제에 부딪치거나 갈등이 있을 때 불현듯 확 튀어 오르게 된다.

가령 남자친구를 사귀는데 그 남자친구가 아버지처럼 술을 많이 마실 경우 미선은 본능적으로 진저리치며 싫어한다. 다른 장점이 많아도 술을 좋아하는 그것 하나 때문에 남자와 가까워지지가 않는다. 또 상대가 뭔가를 하소연하거나 자기감정을 알아달라고 부탁하면 그게 마음으로 들어오지 않는다. 오히려 자기도 모르게 경멸이나 혐오의 감정이 솟구친다.

미선은 누구를 받아들이는 게 두렵다. 해결되지 않은 미완의 갈등이 현재를 구속해 새로운 관계를 맺는 것이 서툴기만 하다. 너도 부족하고 나도 부족하고, 너도 아프고 나도 아프고, 이처럼 서로를 감싸 안으며 함께 문제를 해결하는 일에 익숙하지 못하다. 순리대로 이뤄진 상실이 아닌 강제된 상실로 갈등을 마감한 데에서 오는 후유증이다.

"아빠하고 풀 게 많은데, 따지기도 하고 해결할 것도 있고……. 아빠한테 꼭 해야 할 이야기도 있는데, 물어볼 것도 많은데…… 아직 보낼 때가 아닌데, 비겁하게 아빠가 먼저 가버렸어요."

"어떤 것을 따지고 싶었는데?"

"엄마와 행복하지 않다고 하면서 왜 이혼을 안 해줬냐고……."

"미선 씨 생각엔 왜 그랬을 것 같아?"

"글쎄요, 사실 엄마는 혼자 살 만큼의 경제적 자립이 힘든 분이었어요. 엄마도 이혼하자고 하면서도 속으로는 두려워했던 것 같기도 하고……."

"이런 생각은 안 해봤어? 부모님이 이혼하면 미선 씨는 분명 엄마와 같이 살려 했을 거구, 그러면 엄마랑 둘이 경제적으로 힘들게 살아야 할 처지가 되잖아. 아버님은 그게 마음에 걸리셨던 것 아닐까?"

"……."

"아버지에게 무슨 말을 하고 싶었어?"

"미안하다고. 나에게 하고 싶은 말 있다고 할 때 들어주지 않고 방으로 들어가서……. 그리고 혼자 외롭게 가시게 한 거……."

그녀가 흐느낀다. 나도 덩달아 목이 뻐근해진다.

"아버지에게 제일 물어보고 싶었던 것은 뭐야?"

"……."

"지금 계시다고 생각하고 한번 말해주지 않겠어?"

"나를……, 딸인 나를…… 사랑은 했었냐고……."

"놀이터에서 그런 생각을 했다고 했지. 아버지를 결코 이해하고 싶지 않다고, 그걸 이해하는 게 어른이라면 어른도 되고 싶지 않다고 말이야. 스물여덟이면 어느덧 어른이네. 지금은 어때?"

"이해하고 싶지 않은 건 지금도 마찬가지예요. 그런데 조금 더 나이

먹으면 아마 이해하게 될 것 같다는 생각이 들어요. 자기감정이라고 마음대로 조절되는 게 아니라는 걸 이제는 알거든요.《마흔의 심리학》읽었을 때, 남자들의 외로움을 어렴풋하게나마 알 것도 같았어요. 뭐가 어떻든 아버지도 나름대로 힘들었을 거라는 생각도 들고요."

"그럼 벌써 이해하고 있는 거네?"

"아니요! 결코 이해하고 싶지 않아요. 이해는 살아 있는 사람한테 해야지요. 죽은 사람을 이해하든 안 하든 달라질 게 없잖아요. 살아 있어야, 살아 있어야 이해를 해주든 미워하든……."

미선은 말을 맺지 못하고 울음을 터뜨렸다. 다른 건 몰라도 그녀가 아버지를 그리워하고 있는 것만은 틀림없었다. 그리고 아버지가 돌아가신 후로 줄곧 혼란에 빠져 무엇인지도 모를 계산을 해왔고, 그러면서 아버지의 삶을 이해도 하고 있었다. 이제 미선에게 필요한 건 아버지를 온전히 보내드리는 일이다. 아버지의 죽음을 인정하고 받아들이는 것이다. "보낼 줄 알아야 시작도 한다"는 어느 노래 가사처럼.

"네 잘못 아니야, 아버지가 돌아가신 건. 죽음은 누구든 피해갈 수 없는 운명이야. 네가 미워해서 아버지의 죽음이 앞당겨진 것이 아닌데……, 널 두고 가버린 아버지에 대한 양가감정을 부여잡고 너무 힘들게 너 자신을 학대하지 않았으면 좋겠어. 그게 아버지가 바라는 일 아닐까? 이제 그만 아버지를 용서하고 놓아드려."

미선이 품은 혼란스러운 감정, 미워한다고 하면서도 원망과 사랑을

한 가슴에 부여잡고서 아버지를 보내지 못해 발을 동동 구르는 죄책감
과 그리움의 불협화음을 보면서 몹시 아팠다.

그녀의 바탕화면

늘 밝고 명랑하기만 해서 '저 사람은 대체 여기에 왜 왔을까' 하고 의아하게 바라보았던 젊은 여성이 있다. 결혼을 했지만 아직 아이는 없었고 직장에 다니고 있었다. 그녀는 자신을 나비라는 닉네임으로 불러달라고 했다.

나비는 마음에 구김살이 전혀 없어 보일 정도로 표정이 늘 밝았고 목소리도 경쾌했다. 독서토론을 할 때에도 대부분 긍정적인 의견을 말하는 편이었다. 자기 이야기는 별로 없었지만 남의 이야기에는 진지하게 귀 기울이고 적극적으로 대화에 참여했다. 그냥 책 읽고 사람들과 이야기 나누는 게 좋아서 왔나 싶을 정도로 그늘진 기색이 전혀 없었다. 나비가 어느 날 나에게 물었다.

"선생님, 사람이 어떤 물건을 고르거나 음악을 듣거나 하는 일상적인 일에도 무의식 안에 있는 마음이 반영되나요?"

수업이 끝나 잠시 함께 걸을 때였는데, 무얼 꼭 물어보고 싶어서라기보다 그냥 문득 생각났다는 듯한 말투였다.

"그럴 수 있지요. 왜요?"

"오늘 남편한테 이상한 소리를 들었어요. 제 컴퓨터의 바탕화면이 독특하다면서, 그걸 보고 있으면 내 마음 어딘가에 어두운 기억이 있는 것 같다는 거예요."

"아, 그래요? 남편 분이 사람 심리를 들여다보는 데 조예가 깊으신가 보네요."

그날 대화는 거기에서 그쳤다. 무언가 의미심장한 이야기가 나올 것도 같았지만, 서로 갈 길을 가느라 헤어져 말을 잇지 못했다. 그리고 얼마 후 《괭이부리말 아이들》을 읽고 이야기하는 날이었다. 그 책에는 괭이부리말에서 어린 시절을 힘들게 보냈던 사람이 나중에 선생님이 되어 돌아와 자기처럼 불우하게 자라고 있는 아이들을 여러모로 도와주는 이야기가 나온다. 그날은 그 선생님의 이야기를 감동적으로 주고 받았다. 그런데 늘 긍정적인 시선으로 말하던 나비가 그날은 오히려 남들과는 조금 다른 이야기를 했다. 자기 같으면 이 지긋지긋한 동네로 다시 돌아오지는 않을 것 같다는 거였다. 그러자 몇몇 사람이 공감이 안 된다는 반응을 보였다.

"글쎄요, 불우했던 시절을 돌아보고 싶지 않은 마음은 있을 수 있겠지요. 하지만 누구보다 그런 환경을 잘 이해하는 사람이니까 아이들에게 진정으로 도움이 되어줄 수 있잖아요. 그래서 더 아름답고 보기 좋았는데요."

두어 사람이 이 비슷한 말을 했지만 나비는 이런 말을 들으면서 더 반발을 했다. 그냥 생각이 좀 다르다는 정도로만 이야기한 게 아니라 강력하게 반대 의견을 피력했다. 마치 화를 내는 듯도 했다. 누군가 그런 부분을 지적했다. 서로 생각이 다를 수도 있는데 왜 그리 심하게 반발심을 드러내느냐는 거였다. 그러자 나비는 깜짝 놀란 표정으로 말했다.

"제가요? 저 강하게 반발한 거 아닌데……."

"아니에요, 오늘 나비님은 유독 화라도 난 사람처럼 말씀하세요."

당시 우리 강좌 이름은 '독서로 치유하는 내 안의 그림자'였다. 나비는 그 제목이 멋있어서 찾아왔다고 했다. 자기 마음에 뭔가 문제가 있어서가 아니라 그냥 그 표현이 마음에 든다는 거였다. 그랬던 나비가 이날은 무언가 잔뜩 억울하다는 듯 나에게 눈을 돌렸다. 내가 나서서 억울함을 풀어주었으면 하는 표정이었다. 나는 나비의 마음을 안정시키기 위해 최대한 부드럽게 미소 지으면서 입을 열었다.

"나비님, 얼마 전에 저한테 컴퓨터 바탕화면 이야기를 하셨잖아요? 남편께서 그걸 보고 뭔가 어두운 기억이 있는 것 같다고 했던 말이요. 그런데 지금 나비님이 어두운 이야기는 잊는 게 좋다, 굳이 옛 동네로 돌아가서 다시 그 기억들과 마주칠 필요가 없다, 그런 말씀을 강하게 하고 계시는데요, 이 두 가지 이야기가 서로 연결되는 건 아닐까 싶어요. 어떻게 생각하세요?"

"이상하다, 나는 별로 그런 것 같지 않은데……. 모르겠어요. 제가 오늘 좀 예민했나 봐요."

그날도 거기에서 그쳤다. 나비는 일부러 무엇을 감추고 있는 것 같지는 않았다. 하지만 무엇인가 조금씩 흘러나오고 있었다. 더 자연스럽게 풀릴 날을 기다려야 했다. 그리고 2주쯤 지나 《마흔의 심리학》을 읽고 온 날이었다. 그 책은 40대 남성의 여러 가지 혼란스러운 심리를 다루고 있는데, 그중 '남자가 철저히 외로울 때'라는 대목이 화제에 올라 이런저런 이야기가 오갔다. 진지한 이야기도 있고 농담조의 가벼운 이야기도 나오고 했다. 한 남자는 웃으면서 이렇게 말하기도 했다.

"우리 남자들 정말 외로울 때 많아요. 편안하게 쉴 곳은 가정뿐이에요. 그러니까 집에서만이라도 아내들이 남편을 마음으로나 육체적으로나 좀 잘 받아줘야 돼요. 아, 집이 아니면 남자들이 어디에서 어리광을 부립니까."

대강 이런 분위기로 이야기가 오가던 시간이었는데 나비는 조금 색다른 이야기를 꺼냈다. 자기도 이제야 새삼 느낀다는 듯 불쑥 나온 이야기였다.

"선생님, 저는요, 제 귀에 남편의 입김이 닿으면 소스라치게 놀라면서 확 밀쳐버리게 돼요. 나도 모르게 그렇게 되는 거라서 그럴 때면 남편도 놀라고 나도 놀라요."

그러면서 처음으로 자기 이야기를 슬며시 꺼냈다. 나비 부부는 결혼을 한 지 꽤 되었는데 아직 아기도 없고, 무엇보다 남편이 자기와 성관계를 하는 것을 상당히 어려워한다는 것이다. 앞에서 말한 나비의 그런 태도 때문에 말이다. 오늘 이야기를 듣다보니 남편이 얼마나 힘들지 새삼 느껴진다고, 자기가 왜 그러는지 모르겠다고, 나비는 그렇게 말끝을 흐리면서 입을 닫았다.

분위기가 느닷없이 묘해지자 몇 사람이 "하하, 그건 남편이 서투른 거 아닌가. 좀 은근하게 다가가야 되는 건데 말이야" 하며 짓궂은 농담을 했다. 그러나 나비의 표정은 급격히 어두워지고 있었다. 아마도 혼자 깊은 고민에 빠져들고 있는 것 같았다. 나에게 무슨 문제가 있을까? 우리는 정상적인 부부인데도 왜 성관계가 자연스럽지 않을까? 새삼 그런 문제들을 돌아보았을 것이다. 그런 대화가 오간 후 나비는 아무 말도 하지 않았다. 그날뿐 아니라 그 다음 시간에도 말이 없었다. 표정도 무엇인가에 심각하게 붙잡혀 있는 듯한 어두운 그늘이 드리워져 있었다.

그렇게 마지막 시간이 왔다. 그날 읽고 온 책은 도스또예프스끼의 《죄와 벌》이었다. 《죄와 벌》에는 영웅주의의 가치관을 지닌 라스꼴리니꼬프라는 청년이 나온다. 이 소설은 라스꼴리니꼬프가 전당포 노파를 살해하는 것으로 시작한다. 그는 이른바 확신범이다. 똑똑하고 능력도 있는데 가난 때문에 앞길이 막혀 있는 자신이, 다 늙어서 사회에 아무

기여도 하지 못하는 인색한 노파의 돈을 갖는 건 당연하다는 확신으로 당당하게 살인을 한다. 하지만 살인 직후부터 그는 극심한 혼란을 겪는다. 정말 당당하다면 죄책감을 갖지 말아야 되는데 그는 끊임없이 죄책감을 느끼며 자신의 영웅주의 논리와 죄의식 사이에서 괴로워한다. 그러다가 마침내 순결한 영혼을 지닌 소냐를 만나 자기 잘못을 뉘우친다. 그는 자수를 했고, 그동안 겪은 고통으로 양심의 벌은 이미 충분히 받았기에 신에게 용서 받은 홀가분한 마음으로 형무소로 향한다.

이 소설은 너무 종교적이고 철학적인 데다 분량도 보통이 아니어서 독서치료 프로그램에 썩 적합한 책은 아니다. 그래서 분위기를 봐가면서 가끔씩 선정하는데 마침 그때 마지막 수업으로 이 책을 읽게 되었다. 이날 나비가 이 책의 독후감을 말했다.

"저는요, 자기 고통과 정면으로 마주 서는 라스꼴리니꼬프 같은 사람은 못 되나 봐요. 이 사람은 피가 마르고 살이 빠지고 몰골이 형편없어지도록 치열하게 자신의 죄를 들여다보잖아요. 나는 그러지 못했어요."

교실이 순식간에 조용해졌다. 독후감이라기보다는 무거운 자기반성이요 회한이었다. 나비에겐 무슨 일이 있었던 걸까?

"이제야 어렴풋이 기억이 나요" 하며 나비가 말을 이었다. 어린 시절, 정확히 기억은 안 나지만 어머니가 돈을 주면서 무슨 심부름을 시켰다고 한다. 자기가 간 곳이 어디였는지는 모르겠는데, 가구가 많은 집이었고 바닥에는 푹신한 양탄자가 깔려 있었다고 한다. 거기에서 무슨 일이 있었단다. 술 냄새, 까칠한 턱수염, 숨이 막히는 갑갑함, 나비가 기억하는 건 그것뿐이었다.

다음 기억은 집으로 돌아가는 길이다. 온몸이 아팠다고 한다. 그런데 집으로 돌아와서는 어머니에게 크게 혼났다. 심부름을 가서 너무 늦게 왔다고. 그런데 늦은 이유도 제대로 말하지 않고 우물쭈물 하기만 한다고 혼이 났다. 나비는 억울했고 슬펐지만 아무 말도 할 수 없었다. 뭐가 어떻게 된 건지 몰랐기에 아무런 말도 할 수 없었다. 잘못했다는 말만 겨우 할 수 있었다. 그날 이후 나비는 며칠을 계속 앓아누웠다. 감기도 아니고 딱히 다친 데도 없는데 끙끙 앓고 있으니 집에서는 모두 걱정했다. 어머니는 걱정하면서도 짜증을 냈다. 왜 아픈지 헤아려보지 않는 어머니가 야속하기만 했다.

"그 다음부터 심부름을 못 갔어요. 엄마는 그럴 때마다 화를 냈지만 도저히 심부름을 갈 수가 없었어요. 그리고 양탄자에 대한 두려운 기억 때문인지 그 이후로 누가 곰 인형 같은 걸 선물하면 아주 질색이었어요. 왜 그런지도 모른 채 털이 가득한 물건만 보면 나도 모르게 소름이 끼치곤 했어요. 그리고 중고등학교 때 교회를 다녔는데, 교회 오빠들하고 잘 지내질 못했어요. 오빠들이 조금만 가까이 다가와도 무언가 동물적인 게 느껴지면서 저절로 몸이 오그라들었거든요. 그래서 아마 지금 남편하고도……."

스스로 생각하기에 나비는 성폭행을 당한 것 같지는 않고 강도가 높은 성추행을 당한 것 같다고 한다. 그악한 폭력에 육체적으로 고통스러워한 기억은 전혀 없고, 집에 와서도 어머니가 별다른 외상을 발견하진 못한 걸 보면 그렇게 짐작된다는 거다. 나비가 스스로 기억하는 건 그 정도였다. 과거 어느 시점에 오롯이 존재하고 있던 일이 의식 밖으로 던져져 까맣게 잊혔던 것이다.

극심한 불안이나 두려움을 견딜 수 없을 때 그 상황을 의식 밖으로 밀어내는 방어기제를 '해리'라는 용어로 표현한다. 나비가 성추행 당한 기억은 해리되었던 것이다. 자신의 기억을 현실로 끌어오자 나비는 왜 한 번도 아프다, 힘들다, 억울하다, 이런 말을 하지 못하고 그 기억을 내다버리기만 했는지, 왜 정면으로 맞서지 못하고 누르기만 했는지, 그게 화가 나고 스스로 한심하다고 했다. 기억이 되살아나자 이제까지 느껴온 두려움과 거부감 등 원인 없이 불거져 나왔던 감정의 정체를 알 듯하다고 했다. 남편의 입김이 귀에 닿는 게 왜 그렇게 싫었는지, 왜 늘 남편과 성관계가 불편했는지 이제는 알겠다는 것이다. 기억 밑으로 묻어버린 일이 질기게도 남아서 바탕화면 같은 데 드러난 것도 알겠다고 했다.

그러면서 나비는 남편에게 너무 미안하다고 했다. 스스로 그런 일을 덮어두지 않고 고통과 마주보면서 이겨냈더라면, 철저히 고민하고 고통을 겪었다면 지금에 와서 남편을 힘들게 하진 않았을 거라고, 자신의 나약함이 남편을 힘들게 하고 부부관계도 어색하게 만들어버렸다고 나비는 자기 자신을 책망하고 있었다.

나비의 말이 끝나자 여러 사람이 자기가 겪은 성추행이나 성폭행 경험을 이야기해주면서 나비를 위로했다. 이렇게나 많은 사람들이 비슷한 경험을 했다는 데 나도 놀랐다. 어떤 이는 누군가에게 심하게 폭행당했을 때 가족이 자기 고통을 너무 몰라주어서 서러웠다고 했다. 어머니가 자기를 돌봐줄 줄 알았는데, 겉으로 드러난 복잡한 일만 처리하고는 바로 돌아서서 시골로 내려가버려 너무 야속했다는 거다.

　또 어떤 이는 어머니가 "뭘 그리 유난을 떠니? 꼭 이래야 하니? 아무 일도 없었던 것처럼 행동할 수 없겠니!" 하고 몰아쳐서 정말 자기가 유별나게 호들갑을 떠는 건지 슬프면서도 혼란스러웠다고 한다.

　그러자 어떤 남자는 "너무 부끄럽다. 남자를 대표해서 사과하고 싶다"는 말을 했다. 나비가 남자의 말을 받아 말했다. 수업 초기에 긍정적인 조언을 많이 하던 그 목소리와 그 표정이었다.

　"선생님이 대표해서 사과할 일은 아니에요. 그건 남자 여자를 떠나서 그냥 언제 어디에서나 있을 수 있는 일이니까요. 제가 아쉬운 건 그럴 때 가족들조차 그 상처 입은 마음을 잘 몰라주었다는 거고, 아이가 그런 고백을 자연스럽게 할 수 있는 사회 분위기나 시스템, 이런 게 안 돼 있다는 거예요. 사과를 한다면 사회나 국가가 해야 할 문제이지요."

　나비의 이야기는 우리 모두를 새삼 가슴 아프게 했다. 얼마나 많은 사람들이 그렇게 아픈 기억을 묻어놓고 있을지, 자기도 모르게 묻힌 상처가 현재의 삶에 장애가 되고 있진 않을지, 사과를 하고 싶다던 남자처럼 나도 누군가에게 공연히 부끄럽고 미안했다. 그리고 마구 화가 났다.

다행히 나비는 기억을 되살리는 것만으로 상당히 의연해졌다. 떠오른 기억 때문에 당분간은 상처를 추스르느라 힘든 시간을 보내긴 하겠지만, 적어도 이유 없이 남편을 밀어내 부부가 함께 놀라고 어색해지는 시간은 없어질지 모른다. 그런데 나중에 생각해보니 조금 의아했다. 우리는 이미 그 전에 《유진과 유진》이라는 책도 함께 읽었었다. 그 책이야 말로 나비와 거의 똑같은 상황을 다루고 있다. 그 소설 속 작은유진은 어린 시절 성폭행 당한 일을 부모가 황급히 덮어두는 바람에 그 일을 까맣게 잊고 지내다가 어느 날 우연히 옛 기억을 되찾아 뒤늦게 고통스러워하고 자학적인 방황을 하게 된다.

내용만 봐서도 이 이야기야말로 나비의 무의식을 건드렸을 법한데, 나비는 이 책을 읽고는 별다른 감흥이 없이 무덤덤하다고 했다. 왜 그랬을까? 무의식적으로 마음속에서 강한 저항이 있었던 건지도 모른다. 아니면 정말 아무 느낌도 없었을 수 있다. 자신이 처했던 상황과 비슷한 일을 접한다 하더라도 묻어둔 기억이 살아나는 건 아니다. 상황이 비슷하다는 건 그 일에 관련된 수많은 변수 가운데 하나일 뿐이다.

나비의 감정을 건드린 건 성추행 상황과는 전혀 다른 유형의 것이었다. 즉, 그녀에게는 성추행 당한 일보다는 이를 덮어둔 일이 크게 와 닿았다. 라스꼴리니꼬프를 보면서 자기 안에 가둬둔 어두운 일을 발견하고, 이에 정면으로 맞서지 못했던 자신의 못난 모습이 떠올라 부끄러왔던 것이다. 라스꼴리니꼬프가 살인을 하고는 도망치거나 숨지 않고 교만과 허상으로 가득했던 자신과 직면하고 처절하게 고민한 후 개심하는 것을 보면서 나비는 인간의 위엄을 느꼈다. 인간의 위엄은 종종 그렇게 비극적인 사건에서 더 아름답게 빛나곤 한다. 한없이 약하고 부족한 것이 인간이기에 스스로 고통 속으로 걸어 들어가는 모습을 보면 경외심이 느껴진다.

나비는 거기에서 마음이 움직였다. 내 생각에 나비는 무척 우아한 성품을 지닌 사람이다. 자신이 남편을 힘들게 한다는 것, 거기엔 무언지 모를 자신만의 어두운 기억이 작용하고 있다는 것을 내내 의식하고 있었고, 그랬기에 라스꼴리니꼬프의 아름다운 회개에 신선한 충격을 받은 것이다. '왜 나는 나에게 일어난 일을 기억 밖으로 밀어내며 내 것이 아니라고 변명하고 도망 다녔을까? 그리고 왜 그 때문에 주변 사람을 힘들게 했을까?' 라스꼴리니꼬프의 행동은 나비가 스스로에게 이런 질문을 하게 했고, 아울러 그에 대한 답도 찾게 해주었다.

결국 이것은 나비의 의연한 자아가 스스로 길어 올린 기억이었으며 당당한 직면이었다. 남편에 대한 애정과 자기 삶을 당당히 살아나가고자 하는 자존감이 스스로 어두운 기억을 호명해 현재로 불러들였다. 이제 그녀는 그깟 상처 따위는 의연히 다독거리며 건강한 삶을 회복할 것이다. 바탕화면도 물론 달라질 것이다. 그렇게 그녀는 행동하는 양심으로 살 것이다.

나비 이야기를 들으면서 떠오른 시 하나를 여기에 적어본다. 소설가이자 시인인 이서인의 시인데, 쉬운 단어들로 스케치 하듯 가볍게 써 내려갔지만 은근히 난해하고 의미심장한 은유로 가득 차 있다. 나는 이 시를 읽으며 나비의 가슴에 묻어 있는 애틋한 상처를 함께 느낀다.

그녀의 바탕화면

이서인

바탕이
하얗네요
화장(火葬)을 끝냈어요
동구밖 동동
발 구르지 않겠대요
슬픔 더 속속
가랑이 벌리겠대요
배실배실 웃기만 하고
이유를 말하지 않아요
그녀는 거울을 버렸어요

살아남은 자의 슬픔

두 아이를 남겨두고 자살로 생을 마감한 여배우
를 생각한다. 나와 나이도 비슷해서 남의 일 같
지 않고 가슴이 아팠다. 오죽했으면 그랬을까 그
고통을 가늠해보기도 했지만 그 전에 내가 먼저
떠올린 건 남은 아이들의 슬픔이었다.

40대 중반에 늦둥이 사내아이를 낳은 수선화. 그녀가 우리 프로그램에 들어왔을 때는 쉰 살이 넘었고 아이는 초등학교 1학년이었다. 첫째인 딸아이가 대학생이라니 남매 사이에 터울이 10년이 넘었다. 수선화는 나이가 들어서인지 아이를 키우는 게 너무 힘들다고 했다.

수선화를 더욱 힘들게 하는 건 남편이 아버지 역할을 거의 못해준다는 점이었다. 그 문제로 남편과 다투기도 많이 한다고 했다. 사실 딸아이를 키울 때도 마찬가지였다고 하니 남편이 새삼 달라진 건 아니었다. 다만 그때는 젊어서 남편이 아이에게 무심한 것이 큰 문제로 느껴지지 않았는데 지금은 힘들고 화가 난다는 것이다.

수선화에게 처음 들은 이야기는 이 정도였다. 어느 집에나 있을 법한 일로 이 자체만으로는 크게 상처 입는다거나 힘겨워 할 만한 건 아니었다. 그러나 여기에 다른 이야기 하나가 겹쳐 있었다. 그 사연이 너무나 가슴 아프게 내 목울대를 건드렸다. 다섯 번째 회기에 수선화는 결석을 했다. 그 다음 주에 수선화는 지난주에 남편과 크게 싸우고는 혼자 어느 바닷가에 다녀왔다고, 그래서 빠진 거라고 얘기했다.

"어휴, 난 또 자살하러 가셨나 했어요."

나는 농담으로 그렇게 말했다. 그런 농담을 했던 건 지난 수업에서 그녀가 한 말이 있어서였다. 《우리들의 행복한 시간》에서 자꾸 자살을 시도하는 유정이 이야기를 나누다가 자살이 잠깐 화제로 올랐다.

수선화는 그때 자살은 결코 안 된다고 아주 강하게 주장을 했다. 자살을 하는 사람은 남겨진 이들의 슬픔을 모른다고, 차라리 부모에게 버려진 아이는 그래도 어느 하늘 아래엔가는 자기 부모가 살고 있다는 희망을 가질 수 있지만, 자살로 생을 마감하는 사람은 자식들에게 그 희망마저 뺏는 것이라는 얘기였다. 그때 워낙 강력하게 자살에 반대하는 주장을 한 것이 기억에 남아서 역설적으로 그런 농담을 던진 것이다.

바닷가에서 무슨 특별한 경험을 했느냐는 내 물음에 수선화는 남편과 싸우고 집을 나오자 아버지 생각이 많이 났다고 했다. 그래서 바닷가에서 김정현의 《아버지》를 읽었다고 했다. 수선화에게 다른 이야기가 더 있겠다는 생각이 들어 내가 물었다. "왜 《아버지》란 책을 읽으셨어요? 과감하게 어린아이까지 남편에게 떠안기고 집을 멀리 떠났는데 왜 갑자기 아버지가 보고 싶었을까요? 특별히 아버지를 그리워한 이유가 있나요?"

나는 머뭇거리는 수선화에게 평소와는 달리 조금 강하게 말을 붙였다. 감정에 큰 변화를 겪고 있을 때 내면 이야기를 들어보고 싶었다. 벗어버려야 할 어떤 사연이 있겠다 싶어서였다. 수선화는 아랫입술을 한번 깨물더니 하염없이 눈물을 흘렸다. 잠시 침묵이 계속되었다. 기다렸다. 이럴 땐 침묵이 최선의 지지이며 공감이다. 어떠한 말도 얹어줄 수 없는 상황! 도리어 내가 목이 말랐다. 수선화가 말을 시작했다.

수선화는 장녀다. 아래로는 여자 동생만 셋이 있었다. 집안 형편은 하루하루 끼니 걱정을 해야 할 정도로 궁핍했다. 그런데 어느 날 아버지가 자살을 했다. 그때부터 수선화는 가난하고 식구 많은 집의 장녀 역할을 하느라 손발이 닳도록 고생을 했다. 대학에 진학할 수 없었던 건 물론이고 상업고등학교도 겨우 졸업했다. 수선화가 자살만은 안 된다고 강하게 주장했던 것은 이런 경험 때문이다.

가장이 없어서 경제적으로 너무 고생한 것 말고도 수선화는 아버지가 병이나 사고 때문이 아닌 자살로 생을 마감했다는 데 마음에 큰 상처를 받았다. 아버지가 가족을 버렸다는 생각이 들어서다. 아버지를 돌아가시게 한 것이 어떤 고통이었는지 몰라도 자기 생각만 하고 남은 가족은 나 몰라라 한 무책임하고 이기적인 처사라고 생각했던 것이다. 그래서 수선화는 남편에게 연애 시절부터 지금까지 아버지가 자살했다는 이야기를 단 한 번도 하지 않았다. 그게 수선화의 자존심이었다. 자기 아버지가 자식들을 버린 무책임한 가장이었다는 걸 알게 하고 싶지 않았다. 수선화가 아이 문제로 남편과 자주 다투는 것도 그런 감정과 관련이 있었다. 수선화 자신은 아버지가 없어 아예 기대조차 할 수 없었지만 멀쩡히 살아 있는 아버지가 자식에게 무관심한 것은 눈 뜨고 못 봐주겠는 거였다. 남편이 자식에게 무심해 보일 적엔 자신을 버리고 떠난 아버지가 떠올라 분노가 느껴지고 그런 감정을 남편에게 폭발하는 것이었다. 수선화는 자신과 남편이 나이가 많아 혹시 일찍 죽기라도 하면 늦둥이 아들이 자기처럼 외로운 시절을 보낼까 하는 점도 걱정하고 있었다. 아버지 없는 고통과 설움을 경험했기에 그런 걱정까지 앞서는 것이었다.

처음에 늦둥이 키우는 게 너무 힘들다고 했을 때는 단순히 나이 들어 다시금 어린 자식을 키우는 게 힘에 부치나보다 생각했는데 그게 아니었다. 수선화는 아들을 사랑하는 만큼 자신이 아버지의 부재로 겪은 상실감과 아픔을 물려주고 싶지 않아 늘 노심초사했던 것이다.

"지금 저에게 말씀하신 것처럼 남편에게도 수선화님의 진심을 다 털어놓으시는 건 어떨까요?"

"아직은 못할 것 같아요."

"왜요? 그 말을 하려면, 그러니까 지금 수선화님 마음에 자리한 고통과 불안, 분노를 말하려면 아버지 얘기를 먼저 해야 할 것 같아서요?"

내 말이 수선화 가슴에는 비수가 될 수도 있지만, 그래도 직면해야 할 문제였기에 나는 냉정한 촉진자가 되기로 했다. 이는 인지치료의 한 기법으로 '논리적 반박'이라고 한다. 22년 동안 살을 맞대고 산 남편에 대한 마음, 현재의 삶보다 그리고 지금 내 옆에 살아 숨 쉬는 분신인 아들의 삶보다 자존심이 더 중요하냐고. 그것은 아니지 않느냐고. 내 물음을 직설적으로 표현하자면 그런 뜻이었다.

다른 한편으로 수선화는 남편이 자기감정을 이해하지 못할까 봐 걱정하고 있었다. 아버지가 자살했다는 사실이 너무 창피하고 원망도 커서 구구절절 그런 이야기를 늘어놓고 싶지 않은 데다 이제껏 숨겨온 얘기를 어렵사리 꺼냈는데 남편이 시큰둥하다면 다시 한 번 상처를 입을 테니까.

나는 수선화에게 내 이야기를 해주었다. 나는 초등학교 때 기차에서 떨어져 죽을 뻔한 적이 있었다. 병원에서는 치료가 힘들다며 나를 집으로 데려가라고 했다. 그때 어머니가 젊은 의사의 멱살을 잡으며 큰 소동을 피웠다. 수술이라도 해보고 데려가든지 하겠다고, 어떻게 목숨이 붙어 있는 아이를 이대로 포기하고 그냥 집으로 가느냐고, 온 병원이 떠나가도록 고함을 치고 울부짖으며 난리를 피웠다. 결국 의사들이 고개를 절레절레 흔들고는 이미 퇴근한 의사를 불러 여덟 시간 대수술을 했고 덕분에 나는 살아날 수 있었다.

"저희 어머니가 그렇게 물불 안 가리고 생난리를 피우지 않았으면 저는 죽었을 거예요. 그런 게 어머니의 힘이잖아요. 아들이 그렇게 걱정되신다면 남편에 대한 자존심쯤은 떨치시고 아이를 위해서 솔직하게 다 말하고 대화를 해보세요."

거기 모인 다른 사람들도 내 말을 거들어 수선화에게 조언을 했다. 아마도 남편은 그런 걸 왜 이제껏 숨겼느냐고, 바보 같다고 하면서 위로하고 한마음이 되어줄 것이다. 그런 일에 화를 내거나 자기 아내를 이상하게 볼 남편은 없다, 하면서 격려하며 용기를 주었다.

그런 일이 있고 나서 수선화는 고뇌하는 모습이 역력했다. 다른 사람의 아픈 이야기에 공감하며 고개를 끄덕이기도 하고 같이 울기도 했지만 그에 대한 조언을 하지는 않았다. 필시 여러 가지 경우의 수를 생각해보고 그 결과를 예측하느라 머릿속이 복잡한 것일 터다. 아무런 촉진 없이 기다리기로 했다. 기대하는 마음으로…….

어느덧 마지막 회기. 수선화가 떡을 했다면서 교실에 가지고 왔다. 수선화의 얼굴은 그 어느 때보다 밝고 환했다. 그 떡은 자신이 다시 태어난 기념으로 해 먹는 거란다. 집단원 모두는 서로 얼굴로, 눈빛으로 이렇게 될 줄 알았다는 듯 의미 있는 공감을 교류했다.

수선화는 그 전날 남편에게 드디어 속내를 털어놓았다고 한다. 남편을 집 앞 공원으로 불러내 벤치에 나란히 앉았다. 차마 마주 볼 수가 없어 내내 앞만 보면서 이야기를 했단다. 두렵고 조마조마한 심정으로 긴 이야기를 겨우겨우 끝냈다고 한다. 이야기를 다 끝내고 수선화는 소리

없이 눈물을 흘렸다. 혼자 간직해온 아주 오래된 비밀을 털어놓고 나자 팽팽하게 조여 있던 마음의 끈이 풀어져서 그랬을 것이다. 남편은 수선화의 손을 잡아주며 자기 눈을 똑바로 바라보라고 하더니 말하더란다.

"지금도 아버지가 미운 거야? 이제 내가 아버지 몫까지 다 해줄 테니 이제 그만 아버지를 보내드려."

수선화가 그렇게 오랜 세월 마음고생해왔던 것에 비하면 너무 간단한 반응이었다. 그리고 당연한 반응이기도 하다. 성정이 정말 못된 남자만 아니라면 아내에게서 그런 고백을 듣고 나면 가슴이 아프고 아내를 더 이해하게 될 것이다. 수선화는 그야말로 바보처럼 혼자만 앓아온 것이다. 그런데 상처가 있는 사람들은 그렇게 된다. 상처는 마음의 장애다. 남들은 장애로 보지 않아도 혼자 그것에 갇혀 있는 경우가 많다. 그것이 이중의 사슬이다. 상처 자체의 아픔 하나와, 그 상처의 기억으로 부자연스럽게 형성되는 정서, 이 두 가지 문제가 뒤엉켜 발목을 잡는 문제다.

두 아이를 남겨두고 자살로 생을 마감한 여배우를 생각한다. 나와 나이도 비슷해서 남의 일 같지 않고 가슴이 아팠다. 오죽했으면 그랬을까 그 고통을 가늠해보기도 했지만 그 전에 내가 먼저 떠올린 건 남은 아이들의 슬픔이었다. 아이들 가슴에 엄마의 죽음이 그림자처럼 어둡게 드리워져 내내 생을 아프게 살아가야 하는 건 아닌지 안타까웠다. 그리움과 원망이 교차되는 복잡한 마음으로, 엄마와 함께 지낸 행복한 시간마저도 얼룩지는 건 아닌지. 수선화의 아버지도 결코 무책임한 회피로 자살을 택한 건 아닐 것이다. 그러나 남겨진 수선화는 버려졌다는 원통함을 쉽사리 씻지 못하고 외롭고 억울한 마음을 오래 품고 살았다. 그 아픔은 비단 어린 시절에 앓고 마는 일시적인 마음의 병이 아니라, 아이를 낳아 기르고 쉰 살이 되기까지도 내내 떠안고 가게 될 끈덕진 짐이요 장애가 된다. 이렇게 남편에게 전적인 지지와 위로를 받기까지 수선화가 몰래 견뎠을 그 가슴앓이를 생각하며 내내 가슴 아팠다.

스스로를 벌하는 아이

아이의 분노와 우울증이 수업하면서 상당히 완화되었다고 생각했고 이제는 어느 정도 잘 성장해주었다고 한시름 놓았었는데 아이는 이제 또다른 두려움과 씨름하고 있는 듯했다. 이렇게 길 긴 것인가? 유년의 상처란 것이…….

　　　　　　　내가 상담심리학을 정식으로 공
부하기 얼마 전의 일이다. 당시 나는 중학생들을 대상으로 논
술 지도를 하고 있었다. 이때 독서치료 프로그램에서 마주할 만한 상황
을 경험한 적이 있다.

　전통적으로 심리치료는 상담자와 내담자가 문제를 직접 언급하는
일대일 대화 방식이었지만 요즘은 음악, 그림, 놀이 등을 매개체로 자연
스럽게 감정의 정화를 유도하는 방식이 많이 개발되고 있다. 독서치료
는 책을 매개체로 소통하는 방식이다.

　매개체를 활용할 때 장점은 딱히 누가 누구를 치료한다는 의식 없
이도 치료가 이루어질 수 있다는 점이다. 특별히 체계적인 과정이 없어
도 되고, 치료를 주도하는 상담자가 따로 없어도 된다. 물론 일정한 과

정과 상담자가 있으면 더 효율적이지만, 매개체에 자연스럽게 접촉하는 것만으로도 치료받을 기회가 생긴다. 나는 심리치료에 관해 공부하기 전에 논술 지도를 하면서 책을 통해서 사람이 마음을 털어놓기도 위안을 받기도 한다는 것을 경험했다.

당시 내가 맡은 학생들은 한 중학교의 어머니들이 자발적으로 만든 모임의 아이들이었다. 전에 그 중학교에서 논술 강의를 한 적이 있는데, 강의가 마음에 들었는지 몇몇 어머니가 팀을 만들어 나를 불렀다. 논술 강의를 하기 전에 학부형들과 얼굴도 익힐 겸 면담을 했다. 앞으로 진행할 수업에 대해 설명하고 학부형들의 협조도 부탁하는 자리였다. 가벼운 만남이긴 해도 이런 자리는 무척 의미 있다. 첫 모임에서 학부형이 보여주는 행동, 언어, 어감, 억양 등으로 나와 함께 공부할 학생들이 어떤 환경에서 사는지 어느 정도 예측할 수 있기 때문이다. 그렇게 면담을 하던 중, 눈길을 끄는 학부형이 있었다. T의 어머니였다. 그녀는 말수가 적으면서도 그 몇 마디 말에서 지성적이면서 야무진 느낌이 들었다.

면담을 끝내고 돌아서면서 이상하게도 T의 어머니가 나에게 전화를 할 것만 같은 느낌이 들었다. 그냥 육감이었다. 면담 자리에서 나도 모르게 어떤 파장을 느꼈던 건지도 모른다. 그런데 정말 전화가 왔다. 헤어진 지 10분 정도 되었을 때다. 그녀는 하고 싶은 말이 있다고 했고, 나는 다른 일정이 없었기에 바로 차를 돌려 그 어머니 집으로 갔다. 정릉 근처였는데 집이 무척 으리으리했다.

"앞으로 저희 아이를 지도할 분이니까 선생님을 믿고 말씀드릴 것이 있어서요."

차 한 잔을 앞에 놓고 그녀는 아이 이야기, 그리고 현재 남편과 어떻게 결혼했고 어떻게 살아왔는지 하는, 한 여자로서의 자기 이야기를 털어놓았다. 그녀는 첫사랑에 실패해 크게 상심해서 체념 어린 마음으로 지금의 남편과 애정 없이 결혼했다. 그런데 남편은 결혼 첫날부터 손찌검을 했고 지금까지도 수시로 폭력을 휘두른다는 것이다.

들으면서 정리해보니 남편은 자격지심이 큰 것 같았다. 남편은 고졸자로서 대졸인 아내와 학력 차이가 있었다. 게다가 아내가 자기를 사랑해서 결혼한 게 아니라는 걸 알고 있었던 모양이다. 그러니 결혼할 때부터 자존심이 상했을 것이고, 똑똑하고 아름다운 아내가 자기를 업신여기거나 버릴까 봐 불안하기도 했을 것이다. 그런 가운데 아내를 완전히 자기 소유물로 만들고 싶다는 욕망이 폭력으로 분출한 듯 보였다. 그런데 T의 어머니는 또 무슨 마음인지 '그래도 이 남자와 무조건 산다' 하는 오기에 가까운 각오를 하고 있었다.

아이를 임신한 지 8개월 된 어느 날은 이러다 죽지 싶을 정도로 심하게 맞았다. 그날은 맞다가 맨발로 도망쳐 나왔다고 한다. 동전도 없이 절박한 심정으로 마구 번호를 누르다 112에 신고를 하게 됐고 남편이 파출소로 끌려간 뒤 그녀는 조산하고 말았다. 그렇게 태어난 아이가 바로 T였다.

아이가 세 살 때, 그날도 남편이 무지막지하게 때렸다. 옆에는 아이도 있었다. 그런데 맞다가 고개를 돌려 아이를 보니 아이의 동공이 풀려 있었다. 공포에 질려 자지러진 것이다. 그녀는 그날 아이를 덥석 안고는 꼭 껴안은 채로 계속 맞았다고 한다. T의 어머니는 그런 말을 하며 T에게 세심히 신경을 써달라고 부탁했다. 지각 능력이 생길 때부터 보아온 아버지의 무서운 폭력, 돈이면 뭐든 된다고 생각하는 삶의 태도가 아이의 인성에 영향을 미쳐 좀 남다른 데가 있을 거라는 거였다.

며칠 후, 논술 지도를 시작했다. 수업은 학생들 집을 돌아가면서 방문해 했는데 주로 T의 집에서 모였다. 특별히 T를 배려해서는 아니었다. 그 집이 널찍하기도 하고 아이들이 모이기에도 가장 적당한 위치였기 때문이다. 몇 차례 수업을 했지만 T에게서 특이한 점은 보이지 않았다. 다른 아이들과 좀 다른 점이 있다면 눈에 띄게 예의가 바르다는 것이었다. 그 애는 점잖고 똑똑한 데다 누구보다 적극적으로 토론 수업에 참여했다. 고작 열 다섯 살 먹은 아이가 지나치게 반듯하다면 그것만으로도 눈여겨볼 만한 일이다. 그러나 그때만 하더라도 난 T의 과거 이야기에만 신경을 썼지 다른 부분에서는 별 문제가 없다고 생각했다. 깊고 오래된 상처일수록 잘 안 보이는 데 숨어 있다가 어느 순간 복병처럼 튀어나오는 법이라는 걸 심리치료를 공부하고 여러 사람을 만나보고 나서야 차츰 깨달았으니 말이다.

어느 날 오 헨리의 소설 〈크리스마스 선물〉을 갖고 수업을 하게 되었다. 그 전주에는 같은 미국 작가이면서 작품 성향은 완전히 다른 에드거 앨런 포의 〈검은 고양이〉를 읽었다. 그래서 나는 수업을 시작하기 전에 참고로 두 작가의 생애를 비교해 일러주었다.

에드거 앨런 포는 세 살에 고아가 되어 어느 상인의 양자로 들어갔다. 어렵게 공부해 대학에 갔으나 양부모로부터 학비를 받지 못한 데다 생활도 무절제해 1년도 안 돼 퇴학당하고, 그 후 양부와 계속 안 좋은 사이로 지내며 비참한 생활을 했다. 그러다 포는 거리에서 객사를 하게 된다. 오 헨리 역시 불우한 환경에서 살았다. 어릴 때부터 삼촌 가게에서 점원으로 일했고, 젊어서는 다니던 직장에서 회계 부정 사건에 휘말려 오랜 도피 생활을 하다가 결국 연방교도소에 5년간 수감되었다. 그러나 그는 아이의 양육비를 벌 요량으로 감옥에서 겪은 일을 밑천 삼아 글을 쓴다. 그러면서 삶을 바라보는 따뜻한 시선도 회복한다.

〈검은 고양이〉 〈어셔 가의 몰락〉 등 에드거 앨런 포의 소설들은 대개 어둡고 음침한 분위기로 가득 차 있다. 그래서 현대 공포소설의 효시라고까지 불린다. 반면 〈크리스마스 선물〉 〈마지막 잎새〉 등 오 헨리의 소설들은 가난한 서민들의 애환을 주로 다루면서 사람 사이의 따뜻한 애정과 희망을 그린다.

나는 이런 이야기를 해주면서 비록 환경이 불우하다 해도 삶에 대해서 어떤 자세를 갖고 있느냐에 따라 작품의 주제가 달라진다는 점을 말했다. 자기 안의 긍정적이거나 부정적인 사고가 작품에 투영되는 법이다, 환경이 안 좋다는 핑계를 대지 말고 스스로 자기 삶을 책임질 수 있어야 한다, 대강 이런 이야기였다. 그런데 이야기를 하는 동안 T가 갑자기 침울해지는 것이 느껴졌다. T는 토론에서 거의 말을 하지 않았다. 그동안 늘 수업에 적극적이었고 허술함을 보이지 않던 아이였으므로 뜻밖이었다. 어디 아프냐고 물었더니 "아니요" 하고 힘없이 대답하고는 그만이었다. 아이는 수업 시간 내내 가라앉은 분위기에서 빠져나오지 못했다. 그런데 수업이 거의 끝나갈 때였다. 아이가 불쑥 물었다.

"선생님, 아까 했던 말씀 말인데요, 사람은 그럼 자기 마음속에 부정적인 것들을 스스로 극복할 수 없나요? 교육으로 바뀔 수 있지 않아요?"

다소 뜬금없는 말이어서 내가 잠깐 아이의 얼굴을 바라보자 아이는 조금 머뭇거리면서도 다시 물었다.

"저기 유전이라는 거 있잖아요, 그건 바뀔 수 없다던데……. 성격이나 행동, 그런 것도 유전이 돼서 사람이 좋은 교육을 받으면서도 악해지고 그럴 수 있나요?"

무슨 말을 하는지 감이 왔다. T에게서 처음 보는 아버지의 그늘이었다. 자기도 아버지처럼 폭력적인 사람이 되는 것은 아닌지, 또는 집안 환경으로 인해 생긴 자기 마음속 우울과 두려움을 과연 스스로 벗어버릴 수 있을지, 아이는 초조해하고 있는 것이었다. 나는 살짝 긴장했다. 아이에게 무언가 안심이 될 말을 해주어야 했다. 그렇다고 너무 심각하게 반응하면 아이가 위축될 수도 있었다. 나는 싱긋 웃으며 털털한 목소리로 말했다.

"짜식! 난 또 무슨 얘기라고. 야 인마, 유전이라는 건 아주 기본적인 정보일 뿐이고 진짜 성격이나 가치관 같은 건 스스로 만들어가는 거야. 인간 성격이 태어나면서 다 정해져 있으면 교육이 무슨 필요가 있고 좋은 책 읽는 게 다 무슨 소용이겠어?" 내 말을 듣고 아이의 표정이 조금 밝아졌다. 휴우, 나도 가슴을 쓸어내렸다.

그 다음 주였다. 수업을 끝내면서 나는 아이들에게 가수 유리상자의 노래 '신부에게'의 가사를 자기 마음대로 다시 써보라는 숙제를 내주었다. 결혼이 무언지를 생각하게 하려는 의도였다. '신부에게'는 부드러운 멜로디에 가사도 결혼하는 신부에게 미래의 행복을 약속하는 내용이어서 결혼식 축가로도 많이 불린다.

한 주가 지나 노래 가사를 발표하는 시간이 되었다. 중학교 1학년 아이들이 그리는 신부 모습은 거기에서 거기였다. 긴 생머리에 하얗고 예쁜 얼굴, 밝고 착하고 귀여운 여자, 그런 모습의 미래 신부를 꿈꾸며 그녀를 위해 하늘의 별이라도 따다 주겠다는 식의, 그야말로 노래 가사에 딱 어울리는 내용을 적어 왔다. 그런데 T는 가사를 써 오지 않았다. 숙제를 안 해 온 것이다. 왜 안 썼느냐고 물었더니 아이가 시들한 목소리로 답했다. 자기는 결혼을 안 한다는 거다. 결혼을 꼭 해야 하냐는 것이다. 자기는 별로 관심이 없는 주제여서 숙제를 할 필요를 느끼지 못했다고 했다. 그러면서 결혼에 대한 반감을 상당히 적극적으로 드러냈다.

무어라 말해야 할지 잠깐 난감했다. 결혼이야 안 할 수도 있다. 문제는 결혼으로 이뤄지는 가정, 부모 자식 관계, 거기서 느끼는 위안, 사랑, 믿음 등 정서까지도 부정적으로 보고 있는 시선이었다. 그것도 고작 열다섯 살 소년이 말이다. 아직 독서치료를 공부하기 전이었지만 나는 이때 본능적으로 이 아이에게 먼저 지지를 해줘야 한다고 생각했다. 억눌린 무언가에 의해 생겨난 그릇된 신념, 이를 드러냈을 때 정색하고 반박하거나 논리적으로 그 이유를 설명해보라고 다그치는 건 적절한 대응이 아니라 여겨졌다. 뭐 그런 생각도 나쁘진 않아, 하는 정도의 최소한의 지지라도 해서 일단 T의 마음을 끌어안아야 한다고 생각했다.

"그래. 결혼, 뭐 꼭 해야 되는 건 아니야. 결혼이나 가족제도가 원래부터 존재했던 것도 아니고 인간이 만들어낸 문화일 뿐이거든. 안 해도 상관없어. 근데 나 같으면, 해도 후회하고 안 해도 후회하는 거라면 일단 해보고 후회하겠다." 나는 대강 이 정도로 아이의 말을 받아주었다.

그 다음 주는 중간고사 기간이어서 학생들에게 책을 읽게 하는 것이 무리였다. 그래서 책 읽어 오라는 숙제를 내주는 대신 중간고사가 끝난 후 함께 여유로운 마음으로 영화를 보고 감상을 나누기로 했다. 나는 집에서 비디오테이프를 가져와 아이들과 함께 보았다. 〈굿 윌 헌팅〉이라는 영화였다.

로빈 윌리엄스와 맷 데이먼이 주연으로 나오는 이 영화는 천재적인 두뇌를 갖고 있지만 불우하게 자라 재능을 꽃피우지 못하던 청년의 이야기다. 맷 데이먼이 맡은 윌이라는 청년은 어릴 때 양부에게 지독히 맞고 자란 아픔이 있고, 사랑과 관심을 받지 못했기에 냉소적이고 싸움질이나 하는 청년으로 자랐다. 그러다가 우연히 좋은 스승을 만나 사람과 따뜻하게 관계 맺는 법을 배우고 타고난 수학적 재능도 발휘하게 된다. 이 영화는 사실 T를 염두에 두고 의도적으로 선택한 영화였다. 보통의 논술 수업과는 좀 다르게 편하게 영화 한 편을 보면서 아이의 내면을 들여다볼 기회도 가지고 싶었다.

지루한 영화는 아니어서 아이들은 제법 차분히 영화를 보았다. 그러나 청년이 교수도 못 푸는 어려운 수학 문제를 푸는 등 극적으로 재미있는 부분에 치중할 뿐 영화의 주제인 내면의 상처 문제에는 큰 관심을 보이지 않았다. 시켜 온 피자를 먹어가며 그저 편안하게 화면을 들여다보았다. 그런데 T의 반응은 달랐다. 아이는 피자에는 손도 대지 않고 영화 초반부터 자꾸 눈물을 훌쩍거렸다.

"야, 이 영화가 그렇게 감동적이냐?"

나는 일부러 건조하게 물었다. 대답을 못하고 어색해하는 아이에게 다시 말했다.

"그렇게 계속 울 거면 아예 나가서 실컷 울고 바람이라도 쐬고 오지 그래."

내 말에 아이는 기다렸다는 듯 밖으로 나갔다. 나는 조금 기다렸다가 따라 나갔다. 아이는 정원 의자에 우두커니 앉아 있었다. 건너편 북한산을 쏘아보고 있었다. 우는 건 그쳤는데 뭔가 매우 복잡한 표정이었다. 나는 옆으로 다가가 슬쩍 말을 건넸다.

"너, 선생님한테 뭐 할 말 없어? 여기 앉아서 계속 북한산만 쳐다보고 있을 거야?"

아이는 아무 대답도 하지 않았다. 내가 먼저 '너의 상처를 알고 있다'는 식으로 말할 수는 없었다. 다만 무언가 짐작은 하고 있는 듯한 태도를 보이며 아이가 마음을 열 기회를 주었던 것인데 아이는 내 쪽으로는 얼굴 한번 돌리지 않았다. 조금 더 기다려보다가 돌아섰다. 아직 마음을 열어 보일 만큼 내가 미덥지 않은 모양이었다.

"애들 기다리니까 먼저 들어갈게. 조금 있다가 들어와라."

그때였다. 아이의 입에서 갑자기 속사포처럼 말이 쏟아져 나왔다. 문장도 되지 않는 짧고 격렬한 말들이었다. 나에게 하는 말이 아니었다. 허공을 향해 쇳소리 같은 목소리가 탄알처럼 마구 날아갔다.

"그 새끼 죽일 거야. 내가 꼭 죽여. 두고 봐. 상관없어. 하루에 열두 번도 더 결심해. 시체 버리는 것도 다 생각했어. 어디서 어디로 그 시체를 치울지도 다 생각해놨어. 내 머릿속에 다 있어. 죽어. 죽어야 돼, 이 나쁜 새끼……."

얼굴은 시뻘게져 있었고, 눈빛은 증오로 이글이글 타고 있었다. 말이 아니라 발작이었다. 주먹을 꽉 쥔 손이 부들부들 떨고 있었다. 눈물이 나왔다. 이 어린 가슴 어디에 저토록 깊은 분노가 사무쳐 있는지, 너무 가슴이 아팠다. 그랬다. 이 아이의 예의 바르고 신중한 태도는 이런 분노를 눌러놓은 반대 급부였다. 그 분노가 올라올까 봐, 그 증오가 어떤 방식으로 표출될지 너무나 두려운 나머지 아이는 큰 돌덩어리로 그것을 있는 대로 누르고 있었던 것이다. 나는 가만히 서서 아이의 마음이 가라앉기를 기다렸다. 잠시 후, 아이의 어깨가 축 늘어졌다. 한껏 팽창해 있던 풍선이 오그라드는 것 같은 모습이었다. 목이 메었던 것을 풀기 위해 나도 얼른 침을 한 번 삼켰다. 헛기침도 했다. 그리고 조용히 말했다.

"내가 너한테 딱 한마디만 할게. 너는 이다음에 꼭 아들 둘을 낳아라. 그래서 네 아빠에게 받지 못한 사랑을 개네들한테 물밀듯이 다 줘. 네가 네 아빠에게 받은 것 없이 마이너스로 있다고 생각되면 그 아이들에겐 플러스 인생 두 개를 만드는 거야. 그러면 네 마이너스 하나를 지우고도 플러스 하나가 남지 않니. 그러면 네 삶도 손해 보는 인생은 아닐 거야. 꼭 그렇게 해."

조금 있다 들어오라고 하고 나는 먼저 방으로 돌아갔다. T는 수업이 끝날 때까지 들어오지 않았다. 수업을 마치고 나가다가 잠깐 아이와 마주쳤다. 나는 "다음 주 책은 ○○다" 한마디만 하고 돌아서 나왔다. 그 집은 북한산이 한눈에 내려다보이는 높은 곳에 있었다. 다른 아이들을 먼저 보내고 혼자 언덕길을 내려오는데, 다시 또 눈물이 흘렀다. 이번엔

T에 대한 연민에서 나오는 눈물이 아니라 내 속에 고였던 눈물이었다.

아이와는 전혀 다른 상황이었지만, 나 또한 혼자 삼킨 슬픔과 분노가 얼마나 많았던가. 나는 아이의 아픔을 보면서 내 마음속 상처를 돌이켜보게 되었다. 독서치료가 책에 나오는 이야기에 감정이입해서 자기 상처를 정화하는 것이라면, 그때 나는 소년이 격렬하고도 생생하게 분노를 드러내는 걸 보면서 내 안에 잠복돼 있는 노여움의 뿌리를 이해할 수 있었다.

그날 이후, T와 직접 마음을 터놓고 이야기를 나눈 적은 없다. 하지만 아이는 내가 자기 집안 사정을 어느 정도 알고 있다는 걸 느끼는 것 같았다. 논술 공부를 할 적에 가족 간의 폭력이나 그와 비슷한 문제가 나오면 나는 아이에게 조언이라도 하듯 힘주어 내 생각을 말했고, 그럴 때면 아이도 슬쩍 내 눈치를 보면서 조용히 경청했다. 그러는 가운데 둘 사이에 무언의 신뢰가 조금씩 쌓여갔다. 그러다가 우연히 아이의 마음이 조금 더 열리는 일이 생겼다.

그해 여름, 내가 다니던 교회 중고등부 수련회에 그 아이를 데리고 갔다. 훈련 프로그램을 하다가 세 번째 코스에선가 아이가 대열에서 낙오 되었다. 아이들이 오리걸음을 하며 공동체 사이의 협력을 통해 문제를 해결해야 하는 과제가 주어진 코스였다. 그런데 T는 그다지 어려울 것 없는 오리걸음을 몇 발짝 걷지 못하고 포기하는 것이었다.

"야, 한창 기운이 펄펄할 때인데 뭘 그리 쩔쩔매냐?"

나는 그렇게 툭 농담조로 나무랐다. 아이는 고개만 푹 숙이고 아무 말도 하지 않았다. 그리고 나는 산을 내려왔다. 당시 내 남편도 나와 함께 중고등부 교사를 맡고 있어서 그 캠프에도 같이 갔었다. 우리 부부는 장난도 치고 농담도 나누면서 즐겁게 대화를 나눴다. "힘들지 않아? 내가 업어줄까?" 나는 어렸을 때 기차에서 떨어지는 사고를 당해 몸이 여러 군데 부실하다. 그런 나를 남편은 늘 자상하게 챙겨준다. 내가 아파서 드러누우면 고생하는 건 자기이니까 미리미리 챙기는 게 자기 행복을 위한 길이라면서. 그렇게 업혀서 산을 내려왔다. 그리고 T는 다리를 약간 절면서 터덜터덜 우리 뒤를 따라왔다. 사실 우리 부부는 그 아이의 존재를 의식하지 못했다. 미안하게도.

수련회가 끝나고 얼마 후에 나는 T 어머니에게 전화를 했다. 그때쯤 나는 그녀와 언니 동생 하는 사이가 돼 있었다. 그날 나는 아이가 오리걸음 하나 제대로 못하더라면서 원래 체력이 약하냐고 물어보았다. 그러자 그녀는 조심스레 그 사정을 이야기해주었다. T가 어릴 때 아버지가 물 잔을 던져 아이의 무릎관절 근육이 끊어지는 사고가 있었다고 했다. 나중에 확인해보니 정말 무릎 아래쪽에 지진 듯한 흉터가 있었다. 그 후유증으로 오리걸음처럼 근육에 무리가 가는 동작은 오래 할 수가 없었던 것이다.

그렇게 해서 새로운 사실을 알았는데, 정작 흥미로운 이야기는 그 다음에 나왔다. T가 수련회에 갔다 오자마자 어머니에게 무슨 할 말이 있는 것처럼 주변을 서성거리더란다. 정작 말은 하지 못하던데 표정은 좋았다고 했다. 어머니가 보기에 무언가 홀가분한 듯한 모습이었다고 했다. 그리고 이튿날 아이가 다시 어머니에게 다가왔다. 조금 계면쩍어하는 표정으로 아이가 한 말은 이랬다.

"엄마, 남자하고 여자하고 결혼해서 굉장히 친하게 지낼 수도 있나 봐."

T의 어머니도 그 말을 듣고 조금 놀랐다지만 정작 놀란 것은 나였다. 가슴에 아버지를 향한 분노나 결혼생활에 부정적인 감정이 있다는 건 알았지만 그 정도까지인 줄은 몰랐다. 아이에게는 자기 부모의 모습이 결혼생활의 유일한 모델이었던 것이다. T의 어머니 말로는 아버지 쪽 친척들은 모두 외국에서 산단다. 그리고 외가 쪽 친척은, 좋게 사는 모습을 보일 수가 없으니 연락을 끊고 지냈다. 그렇게 친지와의 교류가 전혀 없는 상태에서 아이가 유일하게 보아온 부부가 자기 부모였다.

결혼생활 내내 한 사람은 늘 때리고 한 사람은 얻어맞는, 서로 무슨 날을 챙겨주어도 마음에서 우러나오는 사랑이 아니라 형식으로만 주고받는 관계, 가족 외식은 번드르르한 곳에서 하면서도 평안하기보다는 쫓기는 듯한 시간들의 연속, 하루에 꼭 필요한 몇 마디만 나누며 서로 어색해하는, 그러면서 각자 미움과 원한을 쌓아가는 적들의 동거, 그게 T가 본 남편과 아내의 모습이었다.

아이는 내가 남편과 웃으며 이야기를 나누고 등에 업히기도 하는 것을 보면서 굉장히 충격을 받은 모양이다. 다들 자기 부모처럼 사는 게 아니라는 것. 그 발견은 자기 집이 얼마나 무덤 같은 곳인지 새삼 아프게 느끼도록 했겠지만, 동시에 아이의 가슴에 희망을 주기도 했을 것이다.

그 후로 아이가 훨씬 밝아지는 것을 완연히 느낄 수 있었다. 그 얼마 후 사회제도에 대한 수업을 할 때였다. 자연히 결혼 문화에 대한 이야기도 나왔는데, 아이는 그때 처음으로 결혼과 사랑에 대해 언급하면서 자기는 앞으로 이렇게 살고 싶다고 당당히 자기 희망을 피력했다. 컴컴한 동굴, 무지막지한 폭력과 소외의 땅에서 새 빛을 보기 시작한 것이다. 지금은 20대 청년이 된 T가 어느 날 나에게 말했다.

"그때 선생님을 못 만났으면 제 인생은 어떻게 됐을지 몰라요. 생각만 해도 끔찍해요."

이때 느낀 기분은 보람과는 다르다. 나야말로 그 아이에게서 참 많은 것을 배웠다. 내가 상담심리학을 공부하게 된 데에는 그 아이를 만난 일이 큰 영향을 미쳤다. 그 아이는 나에게 상처 받은 영혼과 만나는 법을 가르쳐준 고마운 선생이다. 논술 강의가 끝난 후에도 T와 종종 만나 의논 상대가 돼주곤 했다. 한번은 아이가 대학교에 다닐 때 만난 적이 있다. 그때 아이는 유니세프에서 봉사활동을 하고 있었는데, 내가 보기에 봉사에 지나치게 힘을 쏟고 있었다. T는 몸을 혹사하는 걸 넘어 자기 생활을 찾지 못할 정도로 봉사활동에 몰입했다. 나는 T에게 진지하게 내 생각을 말했다.

"행여 봉사활동으로 네 아버지의 죄를 네가 대신 갚는다는 생각은 하지 마라. 네가 보상할 일이 아니야. 특히, 네 안에 아버지의 안 좋은 피가 흐른다고 생각할 필요도 없어. 너는 너대로 큰 상처를 받았고, 그래서 마음도 많이 피폐해져 있어. 나는 네가 네 삶을 풍요롭게 만들기 위해서 책도 읽고 사람도 많이 만나고 하면서 위로를 받았으면 좋겠어. 너 자신을 학대하지 마."

아이는 그런 건 아니라면서도 한편 아버지가 저지른 죄를 씻으려면 자기가 이 정도 봉사는 해야 하지 않을까 하는 생각이 없지는 않다고 했다. 그러면서 말했다.

"솔직히, 선생님! 아직도 내 안에 아버지의 안 좋은 습관, 언어, 폭력적 행동 등이 덕지덕지 앉아 있는 듯해요. 그걸 씻어내고 싶어요. 공부를 많이 하는 것도 좋겠지만 내가 무언가 사회에 보탬이 되는 일을 하면서 그걸 말끔히 씻어내고 싶어요."

아이의 분노와 우울증이 수업하면서 상당히 완화되었다고 생각했고 이제는 어느 정도 잘 성장해주었다고 한시름 놓았었는데 아이는 이제 또 다른 두려움과 씨름하고 있는 듯했다. 이렇게 질긴 것인가? 유년의 상처란 것이……. 깊은 상처가 아물고 새 살이 돋으려면 T는 자신을 소중히 여기고 사랑하는 연습을 좀더 해야 한다.

"그러면 안 돼. 봉사활동을 하더라도 그 의도가 순수해야 돼. 네 봉사활동의 계기가 불순하다곤 할 수 없지만 순수한 것도 아니야. 봉사는 그냥 봉사로서만 해야 돼. 그동안 충분히 위로받고 칭찬받고 보상받았어야 하는 네 인생에 더 시간을 쓰고 신경을 써줘. 네 인생에도 좀 봉사하라구."

공붓병에 걸린 아이들

내가 보기에 당시 아이들은 다리 하나가 부러진
상태였다. 그런데 아이들은 부러진 다리에 부목
조차 대지 않은 채 절뚝거리면서 달리기 대열에
끼어 있는 형편이었다. ······ 회복 불가능할 정
도로 다리가 망가지는 게 언제쯤일지는 아무도
모른다. 망가지고 나서야 알게 된다.

　　　　　　정신의학에 스튜던트 애퍼시(student apathy)라는 용어가 있다. 흔히 대학 생활에 잘 적응하지 못하는 심리 상태를 말하는데, 넓게는 공부를 하는 학생들이 어느 시기에 빠져드는 지독한 무기력 상태를 뜻하기도 한다. 애퍼시는 사전에 쓴 대로 말하면 냉담, 무감정 등을 뜻한다. 스튜던트 애퍼시를 우리말로 하면 '학생 무기력증' 정도가 되지 않을까 싶다. 그 증세는 나태, 무기력, 공허감, 경쟁심 결여 등으로 딱히 정신질환으로 규정되지는 않지만 언제라도 우울증으로 발전할 수 있으므로 웬만하면 심리치료를 받도록 하는 게 좋다.

　　논술 지도를 하면서 나는 스튜던트 애퍼시 증상을 보이는 학생들을 종종 만났다. 특히 특목고에 다니는 성적이 우수한 학생들 가운데 그런 아이들이 더 많았다. 그런 점에서 심각성이 더 크다. 얼마 전 온 나라를 들끓게 했던 국제중학교 열풍, 이는 초등학생들까지 입시 전쟁에 내몰리는 현상이 현실화되었음을 의미한다. 땅덩어리가 작아서 그런지 유독 교육열이 높은 우리나라에 태어난 아이들은 말 그대로 입시를 위한 전쟁을 치른다. 아이들이 받는 심리적 압박과 그로 인한 스트레스는 또 다른 병으로 이어질 가능성이 높다.

한번은 외고 1학년 학생들 여섯 명을 논술 지도했다. 나는 논술 지도를 할 때에도 자연스럽게 독서치료를 병행한다. 입시를 코앞에 둔 고3 학생들에게는 그러기 어렵지만 당장 입시에 매달리지 않아도 되는 1, 2학년에게는 독서치료를 염두에 둔 책 읽기가 논술 공부에도 효과적이다. 논술은 논리와 기술을 겸해야 하는데, 논리라는 게 머리에서 그냥 나오는 게 아니라 우리의 삶에 연결된 문제들을 내 경험과 주변의 경험들을 종합하여 인지하고 좀더 나은 방법으로 개선해보려고 다양한 시각으로 사고하는 능력의 산물이기 때문이다. 내 경험과 타인의 경험이 어떠한지를 조합하고 판단하는 인지 기능은 건강한 인식을 바탕으로 싹튼다. 그러나 심리적으로 건강하지 못하거나 사고 체계가 비합리적인 경우에는 논리적 사고 자체가 불가능하다.

그래서 외고 학생들을 논술 지도 할 때에도 학부모들에게 미리 그런 점을 밝혔다. 일단 논술 지도에 충실하겠지만, 아이들 마음에 아픈 부분이 들여다보이면 독서치료도 병행해보겠다고 말이다. 특목고 학생의 부모라면 아이의 성적에만 신경을 쓸 것 같아 반응이 시들하지 않을까 싶었다. 그런데 다행히 대부분의 학부모가 내 말에 환영했다. 입시가 먼 1학년들이라 아직은 성적 부담이 크지 않은 것 같았다. 또 특목고에 들어온 아이들이라면 중학생 때부터 공부에만 매달렸을 것이므로 부모들도 아이가 받는 스트레스를 어느 정도는 느끼고 있었던 건지도 모른다.

논술 지도 첫날, 나는 아이들에게도 내 생각을 말했다. 당장 시험에 나올 만한 내용 위주로 공부하는 게 아니라 각자 관심 있는 주제와 우리 삶에 밀접한 것들, 그리고 그 나이 또래라면 생각해봤음직한 문제에 대한 판단 기준, 때론 세상이 규정하고 있는 도덕의 재인식과 반전들, 이런 것들을 이야기하면서 느껴지는 감정, 정서 등을 함께 이야기할 수 있는 커리큘럼을 만들겠다고 했다. 그리고 이런 수업에서는 교사와 학생 사이의 신뢰가 얼마나 중요한지, 또 서로 도움이 되는 관계로 발전하려면 각자 사정과 속내를 잘 알아야 한다는 점을 함께 이야기했다. 그러면서 난 내 이야기를 풀어놓았다.

나는 "난 두 번 죽음을 경험했다"는 말로 시작해 내가 살아온 이야기를 들려주었다. 생후 1개월 때에 코의 연골이 터져 죽을 뻔한 일, 그후로 두 번이나 코 수술을 하며 한창 민감한 사춘기 시절을 외모 콤플렉스에 빠져 지냈던 일, 그리고 초등학교 6학년 때 기차 통학을 하다 기차에서 떨어져 죽을 뻔한 일, 그때 겪은 외로움과 마음의 상처를 있는 그대로 이야기했다. 이야기하는 도중 눈물이 나기도 했다. 그러면 그런대로, 나는 내 모습을, 내 진심을 가감 없이 보여주었다.

공부를 하러 온 아이들에게는 조금 뜻밖이었을지 모른다. 그러나 내 이야기가 끝나자 아이들은 나를 부드러운 눈길로 바라봤다. 그런 반응만으로도 아이들이 그동안 인간적인 교감에 얼마나 목말라 있었는지를 엿볼 수 있었다. 그런 우호적인 분위기에 힘 입어 나는 독서치료 프로그램에서와 마찬가지로 아이들에게 자기소개서를 써보라고 했다. 그렇게 적어 내려간 아이들의 글을 보고 나는 적잖이 놀랐다. 여섯 개의 자기소개서는 마치 한 사람이 쓴 것처럼 대동소이했다. 전반적으로 대단히 패배적이면서 무기력한 자화상, 전형적인 스튜던트 애퍼시를 드러냈다.

한 아이의 글에는 '자살'이라는 말도 언급되어 있었다. 무력감에서 벗어날 수가 없어 수시로 죽고 싶다는 생각을 한다는 것이다. 하지만 죽는 게 쉽지는 않다는 것도, 자기가 그런 결단을 내릴 수 없으리라는 것도 알고, 할 수 있는 건 그저 하라는 대로 하면서 하루하루를 힘들게 보내는 것뿐이라고 적혀 있었다. 여섯 아이 모두 정도의 차이는 있어도 그런 내용으로 비슷비슷한 글을 써냈다. 곰곰이 생각해보니 그리 놀랄 일도 아니었다. 아이들은 중학생, 아니 아마도 초등학생 때부터 늘 목표를 높게 잡고는 그 목표를 향해서 모든 노력을 기울여왔을 것이다. 그리하여 외고에 입학할 수 있었지만, 바로 그때부터 긴장이 풀어지면서 허탈함에 빠졌다. 그런데 여기가 끝이 아니다. 앞으로는 지금까지보다 더 노력을 해야 한다는 생각에 아이들은 미리부터 겁을 먹고 짓눌려 있었다. 자기 능력을 어디까지 믿어야 하는지 모른 채 성적 경쟁에 몸과 마음이 혹사당하고 있는 상태였던 것이다. 무한경쟁에 온갖 에너지를 소진했기에 그들은 충전이 필요했다. 그러나 육체적·심리적·정신적으로 충전을 하기도 전에, 그들은 다시 그 전쟁터로 내몰린 것이다. 그들의 공포는 바로 여기에서 비롯된 것이다.

논술 지도를 하면서 독서치료를 부수적으로 병행할 생각이었는데, 이건 처음부터 아이들 마음 건사에 먼저 신경을 써야 할 상황이었다. 나는 우선 아이들의 마음을 다독이려 노력했다. 그리고 자아실현을 어떻게 해야 좋은지 깊이 이야기를 나눴다. 무엇을 꼭 성취해야만 한다고 목표에 너무 구속당하면 안 된다, 현재까지 자신이 이룬 것, 그리고 자기의 능력에 일단 만족을 해야 한다, 그리고 여태까지 애쓴 자신을 충분히 칭찬하고 보상도 해주어야 한다, 그런 뒤에 자신이 성취해낸 일들의 의미를 남과 같이 나눌 때 진정한 기쁨을 느낄 수 있다, 다른 사람하고 자기감정이나 포부에 대해서 진솔하게 대화를 나누는 것만으로도 많이 편안해질 것이다. 대강 이런 말을 건넸는데, 대단한 조언은 아니지만 앞서 조금이나마 마음을 열어둔 덕인지 아이들은 상당히 긍정적으로 내 말을 수용해주었다. 그 후로도 논술 관련 책을 읽으며 기회 있을 때마다 진정한 자아실현에 대해 이야기하곤 했다.

논술 지도 첫 한 달이 끝났을 때 나는 일부러 자리를 만들어 학부모들에게 그동안 내가 느낀 것들을 말했다. 아이들이 성적은 좋으면서도 자존감이 매우 낮고 무기력하다, 건강한 자아를 만들어주어야 한다는 이야기였다. 어머니들은 내 말에 공감해주었다. 아이들이 그런 스트레스를 겪고 있는 걸 자기들도 안다고 했다. 하지만 그것으로 그만이었다. 좋은 대학에 보내야 한다는 현실 앞에서 뾰족한 대안이 없었다. 그저 아이들이 너무 심한 스트레스를 겪지 않고 어떻게든 스스로 잘 이겨나가기만을 바라는 형편이었다. 참 안타까웠다. '아무리 그래도 내 아이에게 설마 무슨 일이 있을라고.' 다들 그런 생각인 것이다. 내 아이가 지금 이 순간 무슨 생각을 하고 있는지 안다고 장담할 수 있는 부모가 몇이나 될까.

한번은 수업이 끝나고 다들 돌아가는데 한 아이가 남아 미적거리고 있었다. 주섬주섬 무언가 정리하고 있었지만 공연히 그러는 것 같았다. 무엇인가 할 말이 있는 것으로 비쳐 내가 말을 건넸다.

"잊어버린 것 있니?"

"예? 아, 아니요."

'나한테 할 말 있니?' 이런 직접적인 말은 본의 아니게 아이를 밀어낼 수 있다. '아니요' 하면서 후다닥 물건을 챙겨 일어서기 십상이다.

"오늘은 바쁘지 않은가 보다."

"아, 예……. 그냥 좀……."

"시간 있으면 선생님하고 얘기 좀 할래?"

"예? 무슨 얘기요?"

"그냥 이런저런 얘기. 나도 오늘은 한가하거든. 우리 떡볶이 먹을까?"

그렇게 해서 아이와 떡볶이 집에 마주앉았다. 요즘 어떻게 지내는지, 그리고 어떤 책을 읽고 있는지 가볍게 이야기를 나누었다. 그리고 마침내 아이가 슬그머니 자기 이야기를 꺼냈다. 아이는 학교를 그만두고 싶다고 했다. 공부를 안 하겠다는 게 아니라 검정고시를 보겠다는 것이다. 그런데 바로 검정고시를 볼 건 아니고 6개월이나 1년쯤 후에 본다는 것이다. 그때 검정고시를 봐서 합격해도 아직 1학년이므로 다른 아이들보다 늦는 건 없다고 했다. 더 빠를 수도 있다고 했다. 철저히 계산하고 생각해본 티가 역력했다.

"대학에 빨리 가려고? 무슨 이유라도 있어?"

"그건 아니고……."

아이 목적은 그냥 자기 마음대로 한 6개월 놀고 싶은 것이었다. 여행을 하고 싶은데 아직 구체적인 계획은 없다고 했다. 당장 무엇이 하고 싶다기보다는 혼자만의 자유로운 시간을 갖는 게 목적이었다. 한번 말이 터지자 아이는 홍수처럼 자기 속내를 쏟아냈다. 단 하루도 견딜 수 없을 만큼 너무 답답하다고 했다. 대학은 꼭 갈 거고, 이왕이면 좋은 대학 가는 게 앞으로의 삶에 유리하다는 것도 안다. 낙오자로 살 생각은 추호도 없다. 다만, 지금은 모든 게 지겹고 답답하다. 가슴이 터질 것만 같다. 아무 방해도 받지 않고, 아무 일도 하지 않고 제발 단 며칠만이라도 혼자 있고 싶다는 것이다.

"6개월이 며칠로 줄었네. 그렇다면 방학 때까지만 기다렸다가 며칠 여행가면 안 돼? 그 정도라면 부모님도 허락하실 텐데."

"안 돼요. 여행가고 싶은 게 아니라니까요. 완전히 다 잊고 싶어요. 그러다 보면 어느 날 공부가 막 하고 싶을 때가 오지 않겠어요? 그때 공부하면 되잖아요. 몇 년씩 그러겠다는 것도 아니고, 제 생각엔 길어야 6개월이면 돼요. 6개월만. 딱 6개월만 다 놓고 싶어요. 《로빈슨 크루소》 수업할 때 있었잖아요. 선생님께서 무인도에 표류했을 때 심정을 한 단어로 표현하라고 할 때요."

"응, 그래. 그때 아이들이 주로 절망, 답답함, 두려움, 후회 등등을 말했었지."

"사실 전 속으로 환희, 해방, 자유, 뭐 이런 것들이 떠올랐어요."

"그랬구나. 그때 말하지 그랬어. 그럼 좀더 재미있는 수업이 됐을 텐데."

"말하고 싶었지만 그럼 제가 완전 미친놈 취급당할까 봐 참았어요. 저 되게 엉뚱하지요?"

그랬었구나. 홀로 무인도에서 자유롭게 지내는 상상을 하며 그 순간 너무 좋았을 아이, 그러면서도 자신의 생각이 너무 두드러져 혹시 이방인처럼 내몰리지는 않을까를 걱정하고 표현을 삼켜야 했던 아이의 내면이 투명하게 보였다. 마음이 아릿해졌다.

　말하는 걸 들어보면 아이는 나름대로 신중하게 생각하고 있었다. 모든 것에서 벗어나고 싶은 일탈 욕구에 가득 차 있지만, 그렇다고 막연히 현실 도피를 하려는 게 아니라 그렇게 혼자만의 시간을 보낸 후 다시 힘을 내 공부할 계획을 짜두었다. 6개월 안에는 공부하고 싶어질 거다, 그때 공부해도 다른 아이들보다 늦지 않는다, 낙오자로 살 생각은 없다, 6개월만 나를 좀 가만 놔둬라, 그런 이야기였다.

　내가 결정해줄 일은 아니었다. 또 아이가 정말 그러고 싶은 건지, 단지 요즘 심정이 그렇다는 걸 상담하고 싶은 건지도 확실히 알 수 없었다. 그렇다고 아이가 듣기 좋은 말만 해줄 수도 없었다. 나는 최대한 객관적이고 책임감 있는 조언을 하고자 한편으로는 아이의 부모 입장이 돼 보았다.

　'우리 딸아이가 이런 말을 하면 나는 선뜻 허락해줄 수 있을까?' 쉬운 일이 아니었다. 아무리 아이의 심리를 이해한다 해도 웬만하면 학교는 그냥 다니면서 해결할 방법을 찾고자 할 것 같았다. 학교를 자퇴하고 6개월 동안 아이 마음대로 있어보라고 할 부모는 거의 없지 않을까. 그런데 내 딸이 정말 이렇게 나온다면? 신중하게 생각해보았다. 그리고 결론은, '허락해 준다'였다.

　딸아이 실력이라면 6개월 후에 검정고시 정도는 분명 합격할 것이고, 대학도 무리 없이 진학할 수 있으리라 여겨졌다. 문제는 아이의 마음가짐이 어떠하냐는 것이다. 자퇴도, 6개월이라는 시간도 문제가 아니다. 스스로 자기감정을 조절하고 자기 인생을 책임질 자세가 되었느냐, 그 점이 중요하다. 그리고 그건 전적으로 부모의 몫이었다. 자기 아이를 어디까지 믿고 있느냐, 믿어줄 것이냐 하는 문제인 것이다.

나는 내 딸을 믿는다. 아니, 믿는 어머니가 되고 싶다. 그러나 내가 딸에 대해 지닌 생각을 그대로 이 아이에게 반영할 순 없었다. 이 일에서 아이를 이해하고 믿어주는 것은 어디까지나 그 아이 부모의 몫이니까 말이다. 나로서는 절충안을 말할 수밖에 없었다.

"이러면 어떨까? 내 생각에 네 부모님이 쉽게 허락할 것 같진 않다. 그렇다고 내가 나서서 설득할 문제도 아니야. 다만 지금 네 마음이 정말 간절하고 나중에 대학 입시에 아무런 차질도 없게 할 자신이 있다면, 그걸 부모님께 미리 보여드리는 거야. 너 지금 반에서 몇 등이지?"

"10등에서 15등 왔다 갔다 해요."

"그러면 지금부터 열심히 공부한다면 다음 시험에서는 몇 등까지 오를 수 있을 것 같아?"

"글쎄요, 열심히 하면 한 5등 안에는, 어쩌면 3등 정도까지는 ……."

"그럼 왜 이때까진 그렇게 안 했어?" 아차, 내가 실수를 했다. 아이와 딸아이를 비교하며 생각하다 마치 이 아이를 딸아이로 착각한 듯한 말을 꺼내고 말았다.

"······."

"알았어, 그냥 해본 말이야. 그럼 이렇게 하자구. 다음 시험에서 3등 안에 들겠다고 부모님께 약속을 해. 그 다음엔 네 소원을 하나 들어달라고 하면서 말이야. 그래서 들어주신다면 네가 먼저 3등 안에 들겠다는 약속을 지키고, 그리고 자퇴하는 거야."

"그래도 안 들어주실 것 같은데요?"

"네가 3등 하는 게 자신이 없는 거야, 아님 부모님이 안 들어준다는 거야?"

"저는 해보겠는데, 엄마가 아무래도······."

"그건 네가 노력해야지. 네가 아무리 힘들어도 현실을 다 무시할 순 없어. 지금 너의 간절한 마음, 성적에 대한 자신감, 그리고 네 인생에 대해서 스스로 얼마나 신중히 생각하고 있는지 이런 걸 다 말씀드리면서 엄마를 설득해봐. 그러면 꼭 자퇴에 6개월 휴식이 아니더라도 어떤 방법이 나올 거야. 네가 엄마를 설득할 수 있고, 엄마가 너를 이해하게 되면 그때는 어떤 식으로든 방법이 나와."

그 학생이 그 후 어떻게 되었는지는 모르겠다. 안타깝게도 그 아이들과는 오래 함께하지 못했다. 아이들이 정서적으로 상당히 안정되어 가던 무렵에 논술팀이 해체되었다. 2학년 올라갈 때가 되어가자 어머니들이 당장 성적을 올릴 수 있는 다른 과외팀으로 아이들을 보냈다. 아쉬웠지만 그 이상은 내 몫이 아니었다.

그 아이의 부모가 아이의 부탁을 들어주었다면 모든 게 더 나아졌을 것이라 생각한다. 아이는 일단 3등 안에 들고자 열심히 공부를 할 것이다. 그리고 이는 아마도 아이가 생전 처음으로 부모가 아닌 자기 자신의 의지로 공부에 집중하는 시간이 될 것이다. 그런 시간에는 스튜던트 애퍼시가 끼어들 틈이 없다. 그런 시간을 갖는 것만으로도 아이는 내면의 무기력과 공허감을 다 털어버릴 수도 있다.

내가 보기에 당시 아이들은 다리 하나가 부러진 상태였다. 뼈를 다시 이어붙이는 치료가 필요했다. 그런데 아이들은 부러진 다리에 부목조차 대지 않은 채 절뚝거리면서 달리기 대열에 끼어 있는 형편이었다. 그렇게라도 대열에 끼어 있어야 안심인 것이다. 치료를 한답시고 잠시라도 발걸음을 멈추면 곧바로 낙오되어버릴까 봐 한시도 앉아서 쉴 수 없다. 회복 불가능할 정도로 다리가 망가지는 게 언제쯤일지는 아무도 모른다. 망가지고 나서야 알게 된다.

이런 이야기는 사실 이 책의 큰 주제인 독서치료와는 조금 거리가 있을지 모른다. 이는 우리나라 전체의 '교육 환경'의 문제다. 더 크게는 출세주의와 성공주의에 빠져 있는 우리 사회 가치관의 문제다. 그런 문제의 대안을 내가 말할 입장은 아니다. 구체적인 대안을 갖고 있지도 않다. 다만, 현실적으로 입시 경쟁에 매달릴 수밖에 없다 하더라도 최소한 아이들의 마음을 세심히 들여다볼 필요가 있다는 점을 말하고 싶다.

종종 성적을 비관해 목숨을 끊는 아이들에 관한 기사가 보도되는 걸 본다. 그런 학생들은 대개 성적이 상위권이다. 하위권인 아이들이 성적 문제로 죽는 것은 보지 못했다. 대개는 남보다 높은 성적을 내면서도 더 좋은 성적을 받아야 한다는 심리적 압박감에 지쳐 그런 극단적인 선택을 하는 것이다.

스튜던트 애퍼시를 아직 정신질환으로까지 분류하지 않는 건 이를 특정 시기의 일시적인 문제로 보기 때문이다. 확실히 학생들은 대개 그 시기가 지나고 나면 무력감에서 벗어나 안정을 회복한다. 하지만 그 시기에 극심한 우울증으로 망가져버리는 아이들도 적지 않으며 그럴 가능성은 누구에게나 있다. 특히 우리나라는 중고등학생들, 이젠 초등학생들까지 만성적인 심리 불안 상태에 있다. 인성교육은 둘째치고라도 그런 심리적 압박감을 해소해줄 만한 최소한의 장치가 필요하다. 마음이 죽은 채로는 아무리 좋은 대학에 가도, 세속적인 출세를 하더라도 결코 행복해질 수 없다.

인생을 느끼는 나이, 열 살

어린 시절 겪은 일일수록 마음속에 더욱 깊이 박
힌다. 아직 인격과 정체성이 정립되기 전에 받은
상처는 '영혼에 박힌 가시'라고 할 만큼 그 사람
의 무의식에까지 스며든다. 그 가시는 어른이 되
어서까지 녹아 없어지지 않고 고스란히 남아 건
강한 자아 형성을 방해한다.

　　　　　독서치료 프로그램에 참여하는
사람들 마음을 들여다보면 그 안에 깨진 거울이 하나
씩 있다. 일그러진 자화상이다. 그 이유는 각양각색이다. 사랑하는
사람의 배신, 고부 갈등, 어린 시절에 학대당한 경험 등 감당하기 힘든
일이 마음 깊은 곳에 상처를 내 자아에 어두운 그림자를 드리운다. 그리
고 한번 마음속 자아가 손상되면 충격적인 사건이 일단락된 후에도 영
향을 미쳐 다른 관계도 뒤죽박죽 엉클어지곤 한다.

　"다시는 사랑할 수 없을 것 같아요" 하는, 노래 가사에도 많고 드라
마 대사로도 많이 쓰이는 이 말이 그 단적인 예다. 지독한 상처를 겪고
나면 쉽게 또 다른 사랑을 하지 못한다. 그런 아픈 경험을 다시는 하고
싶지 않아서, 더는 사랑을 믿을 수 없어서, 자기에게 무슨 문제가 있다

고 느껴지는데 이를 인정하고 싶지 않아서……. 이유는 많다. 마음이 한번 흔들리면 그 원인이 되는 곳에만 영향을 미치는 게 아니다. 한번 깊이 상처 입으면 그와는 전혀 관련이 없어 보이는 상황에서도 불쑥불쑥 아픔이 느껴져 위축되고 불안해진다.

어린 시절 겪은 일일수록 마음속에 더욱 깊이 박힌다. 아직 인격과 정체성이 정립되기 전에 받은 상처는 '영혼에 박힌 가시'라고 할 만큼 그 사람의 무의식에까지 스며든다. 그 가시는 어른이 되어서까지 녹아 없어지지 않고 고스란히 남아 건강한 자아 형성을 방해한다.

우리가 어린아이들의 마음을 눈여겨 살펴야 하는 것도 이 때문이다. 산전수전 다 겪은 사람은 웬만한 일에는 상처 받지 않는다. 반면 세상살이에 경험이 적은 어린아이일수록 작은 일에도 큰 상처를 받고, 그 상처를 오래오래 간직한다. 소중한 것을 품듯 스스로 원해서 간직하는 게 아니라 어쩔 수 없이 마음에 새겨진다는 뜻이다. 그렇게 마음에 박힌 상처는 파편이 되어 영혼을 거쳐 육체마저도 파괴한다. 무섭지 않은가. 상처의 근원은 유아 성추행처럼 처음부터 나쁜 의도로 접촉한 경우에 한하지 않는다. 부모나 선생 등 아이를 사랑하는 사람, 사랑해줘야 하는 사람이 무심코 내뱉는 말 한마디, 행동 하나로도 아이에게 문신 같은 상처를 남길 수 있다.

나는 독서 지도를 하면서 마음을 다친 아이들을 적잖이 보아왔다. 치료를 목적으로 만난 게 아닌데도 함께 책을 읽고 이야기를 나누며 속내를 들여다보면 그 나이에 벌써 마음 한 구석을 앓는 아이가 눈에 보인다. 다행스러운 점은 나이가 어릴수록 치유가 쉽다는 점이다. 아직 완전히 아물지 않은 상처는 많이 아픈 대신 씻어내기도 쉽다. 나중에 곪아서 터지고 그 위에 딱지가 덮이고 나면 상처는 무의식 속으로 들어간다. 그러기 전에 누군가 알아보고 낫게 도와주어야 한다.

중학교 1학년인 여자아이가 있었다. 어른들이 대번에 '날라리'라고 할 정도로 한눈에 삐딱해 보이는 아이였다. 내가 논술 지도를 했던 아이들은 대개 부모가 교육에 열의가 넘치고 집안도 어느 정도 안정된 수준이어서인지 아이들은 지나치리만치 정숙하고 조신한 게 문제였다. 그런데 이 아이는 그 반대였다. 말도 함부로 하고 걸핏하면 다른 아이들에게 싸움을 거는 등 도무지 얌전한 구석이라곤 없었다. 말도 행동도 제 멋대로인 데다가 어른을 공손하게 대하지도 않았다. 주의를 줘도 귀 담아 듣지 않는 듯했다. 나도 처음에는 이 아이가 부담스러웠다. 학습 분위기를 망치며 다른 아이들에게까지 피해를 주니까 수업에 방해가 되는 존재라고까지 생각했다. 하지만 독서치료를 한다는 차원으로 꼼꼼히 들여다보니 이 아이는 무척이나 마음이 여렸다. 다만, 누가 간섭을 하거나 자기 행동에 조금이라도 제약을 받으면 참지를 못했다. 꾹 누르고 있던 무엇인가가 그 한순간에 폭발하는 것 같았다.

수업 태도는 불량했지만 어떤 생각이든 당당하게 발표하는 건 보기 좋았다. 특히 제 또래 다른 아이들에 비해 생각이 깊고 주관도 뚜렷했다. 버릇없게 보이는 돌출 행동이 눈에 거슬리는 것뿐, 나름대로 야무진 아이였다.

이렇게 그 아이의 좋은 면까지 두루 살펴 종합적인 평가를 내리기까지는 시간이 오래 걸렸다. 나도 처음 느껴지는 인상으로 사람을 판단하고 거기서 한 발짝도 나아가지 않은 채 생각을 굳혀버리는 우를 범할 때가 많다. 이 아이의 경우도 그랬다. 처음부터 '그런 애'로 찍어두고는 거리를 두었던 것이다. 그러나 시간이 흐르면서 같이 부대끼며 이 일 저 일 함께하다 보니 어느새 정이 들고 아이의 장점이 하나하나 보였다. 그리고 내가 선입견을 가졌던 게 민망했고 잠시나마 아이에게 싸늘한 마음을 품었던 게 너무 미안했다.

그 아이를 좀더 잘 알고 싶었다. 그래서 일부러 아이와 단둘이 이야기할 기회를 만들었다. 아이는 몇 마디 따뜻하게 말을 건네자 금세 자기 속내를 털어놓았다. 집을 나가고 싶은 적이 많다는 거다. 이유를 들어보니 아버지에 대한 반발심 때문이었다. 나는 아버지의 어떤 점이 싫으냐고 물었다. 아이가 지적한 아버지의 문제점은 어른의 시각으로 보면 그리 대단한 건 아니었다. 예를 들면 이런 거였다. 아이가 거실에서 티브이를 보고 있는데 아버지가 나오더니 갑자기 채널을 다른 곳으로 바꾸더란다. 보고 있는데 왜 채널을 돌리느냐고 아이는 항의했다. 그러자 아버지가 버럭 소리를 질렀다. "네가 지금 한가하게 티브이나 볼 나이냐? 들어가서 공부나 해!" 아이는 아버지의 그런 태도를 납득할 수 없었다.

자기 욕망을 좇느라 다른 사람의 권리를 송두리째 빼앗는 것이라고 여겨졌던 것이다. 아이 말로는 아버지는 매사가 그런 식이라는 거다.

그렇게 아이를 윽박지르는 부모들이 많을 것이다. 그럴 때 대부분 아이들은 입술을 비죽거리는 등 불만을 소극적으로 드러내거나 기가 죽은 채 자기 방으로 들어가버린다. 부모는 아이가 앉아 있던 자리에 앉아 티브이를 볼 것이고, 방금 전의 일은 바로 잊어버린다. 그러나 아이들은 잊지 않는다. 가차 없이 무시당한 그 기억은 아이의 가슴에 억울함과 분노로 저장된다. 그런 일들이 수시로 반복되면 아이도 마음속으로 부모를 무시하게 된다. 똑똑한 아이일수록 더 그렇다. 겉으로 드러내지만 않을 뿐, 자존심이 강하고 사리분별력이 깊기 때문에 부모가 무엇을 잘못했는지 다 안다. 자기는 잘못한 것 없이 억울하게 당했다는 생각은 부모에 대한 반발심으로 차곡차곡 쌓인다.

나는 가끔 너무 답답하다. '부모가 자기 아이에 대해 너무 모른다'는 생각이 들 때 그렇다. 아이들은 초등학교 다닐 때까지는 부모를 절대적인 존재로 본다. 자기가 원하는 것을 해줄 수도 안 해줄 수도 있는 존재이기 때문이다. 하지만 중학생만 되어도 부모를 보는 시각이 달라진다. 중학생 아이가 원하는 바를 다 들어줄 수 있는 부모는 많지 않다. 이미 부모는 절대적인 존재가 아닌 게 된다. 더 나아가 아이들은 이제 조금씩 여무는 자기만의 기준으로 부모를 평가하기 시작한다. 자기 부모가 사회적으로 어떤 위치인지, 부모의 행동이 논리적으로나 윤리적으

로 옳은지 그른지를 판단해보는 것이다. 아이들은 이 시기에 넉넉하지
못한 자기 집 환경을 비관할 수도 있고, 부모의 무능력이나 가부장적인
태도를 비판적으로 바라보기도 한다. 이럴 때일수록 부모의 입장을 올
바르게 이해시켜야 하는데 그 전과 같이 강압적이고 일방적인 행동을
하게 되면 아이는 부모와 대립하는 마음을 쌓게 된다.

내가 아이들과 읽은 책 중에 《내가 나인 것》, 《돼지가 한 마리도 죽
지 않던 날》이 있다. 《내가 나인 것》은 잘난 형, 누나들 틈에서 관심을
받지 못한다고 여기는 히데카즈라는 아이가 가출하며 겪은 이야기를
담았으며, 《돼지가 한 마리도 죽지 않던 날》은 열두 살 난 아이 로버트
가 아버지의 죽음을 통해서 가장으로서 짐을 지게 되는 이야기다.

나는 이런 책들을 읽으며 아이들에게 부모의 소중함, 부모들만의
어려움, 가족의 소중함 등을 이야기한다. 그런데 아이들은 책의 내용과
내가 한 말을 다 인정하면서도 자기네 부모는 그런 이야기에 나오는 부
모들과 거리가 멀다고 한다. 즉 바람직한 가족상이 객관적인 입장에서
는 수용 가능한데 내 가족에게 적용하지는 못하는 것이다. 이것은 아주
무서운 결과를 초래한다. 카를 융은 자기 존재를 세 개로 나누어 설명했
다. '현실적으로 존재하는 나', 즉 내가 인식하고 내면을 바라봤을 때
느껴지는 나와 '남이 바라보고 평가하는 나', 그리고 '내가 되고자 하는
나'라는 영역이 그것이다. 이렇게 영역이 나뉜다 해도 결국 그것은 나
를 이루는 요소이므로 이 세 가지 나는 어느 정도 일치해야 하고, 그래

야 자기 정체성이 건강하게 자리 잡는다. 만약, 내가 바라보고 있는 나와 남이 봐주는 나 사이의 괴리감이 크다면 이는 분명 문제가 있는 것이다. 또한 현실의 나와 내가 되고 싶은 나 사이의 간극이 큰 것도 심각한 문제를 일으킬 수 있다. 그렇기 때문에 정체성 확립은 청소년기의 최대 발달 과업인 것이다. 그럼에도 부모들은 청소년기 자녀에게 안일한 삶의 태도를 보여 실망시키고 그릇된 자아상을 주입하는 것이다. 내가 만난 아이들은 자기네 부모들이 내 수업을 들었으면 좋겠다는 말을 했다. 아이들에게 아무리 가족의 가치와 부모의 입장을 설명해줘도 집안에서 보는 부모의 모습과 괴리감이 있으니 먹히지를 않는다.

앞에서 말한 여자아이가 한번은 수업 중에 펑펑 운 적이 있다. '어느 여배우의 자살 문제'를 예로 들어 자살에 관한 이야기를 할 때였다. 왜 그러느냐고 물었더니 자기 친구 이야기를 했다. 친구가 수면제를 먹고 자살 기도를 해서 지금 병원에 입원해 있다는 거다. 그 아이를 위해서 자기가 해줄 수 있는 게 아무것도 없어서 너무 슬프다는 것이다. 중학생 아이가 자살을 하려고 수면제를 털어 넣었고 그 친구는 자기가 아무것도 해줄 게 없다며 운다.

아이들은 이처럼 자기들만의 세계가 있다. 아이들은 어른들의 세계를 아는데 어른들은 아이들의 세계를 모르는 것이다. 다행히도 이 아이는 수업을 계속하면서 놀랍도록 빠르게 변해갔다. 논술 지도가 끝나갈 무렵 종합 발표가 있었다. 중학생들을 여러 개 팀으로 나누고 팀 별로 책을 선정해 그 책에서 얻은 교훈, 의미, 삶의 변화 등을 발표하는 것이다. 아이는 자기 팀을 주도적으로 잘 이끌었고 발표도 가장 성공적으로 해 문화상품권을 상으로 받았다.

이른바 중산층이라고 자처하는 사람들의 아이들이 이토록 자기 부모들로부터 이해받지 못하는 아픔을 토로한다. 돈으로는 뭐든 해주면서 상처 입은 아이들 마음은 내버려두는 경우가 많은 것이다. 경제적으로 궁핍해도 아이들 마음자락을 살뜰히 보살피면 반듯한 어른으로 성장해나갈 수 있다.

복지관에서 방과 후 독서 지도를 할 때, 정말 망나니라고 할 만한 말썽쟁이 아이를 만난 적이 있다. 그런데 몇 차례 수업을 하면서 이 아이에게 남다른 장점이 있다는 것을 알게 되었다. 강력한 리더십이었다. 나쁘게 말하면 아이들을 쥐고 흔든다고 말할 수 있지만, 이 아이에게는 아이들을 일사분란하게 움직이게 만드는 통솔력과 카리스마가 있었다. 나는 이 아이에게 반장이라는 직책을 주었다. 특기 적성이라는 건 별 게 아니다. 아이가 잘할 수 있는 일을 발견해 거기에 맞는 역할을 부여해주면 스스로 책임감을 갖고 임하게 된다. 그런 과정에서 자기 능력을 더 개발하고 자긍심도 갖게 된다. 그 아이 역시 내 기대대로 반장 역할을 훌륭하게 수행했다. 그러면서 수업에도 충실해지고 산만한 성격도 차츰 안정되어갔다. 아이들이란 얼마나 단순한지, 그 여리고 순수한 바탕을 새삼 느끼게 해준 아이였다.

어느 날《나의 라임오렌지 나무》를 읽고 수업을 했다. 이 소설은 주변에서 악마라고 부를 정도로 악동 짓을 많이 하던 제제라는 아이가 자기를 유일하게 이해해주던 뽀르뚜가 아저씨의 죽음을 계기로 정신적으로 성장하게 되는 이야기다.

수업이 끝나면 반장인 아이가 아이들을 주목시켜 인사를 하고 헤어지게 되는데 어쩐 일인지 그날은 반장이 아무것도 안 하고 가만히 있었다. 내가 기다리고 있고, 다른 아이들도 모두 그 애만 바라보는데도 고개만 반쯤 숙인 채 묵묵히 앉아 있는 거다.

"반장 뭐해? 이제 수업 정리해야지."

내 말에 아이는 겨우 고개를 들었다. 그러고는 불쑥 이렇게 묻는 것이었다.

"이제 제제는 어떻게 해요?"

"왜? 제제야 살았으니까 잘 성장해서 지내겠지."

사실 이럴 경우 확장형 수업에서는 "제제가 어떻게 되었을 것 같아? 한번 생각해보고 말해볼까?"라고 진행한다. 그러나 이날은 수업이 끝났기에 내 생각을 단정 지어 말해버렸다. 솔직히 조금 식상한 대답이었다. 아이가 그 직전에 보인 태도도 그렇고, 불쑥 그런 걸 물어보면 아이의 가슴에 무엇이 있는지, 왜 이런 질문이 급했는지 생각하면서 말했어야 했는데 그 순간에는 조금 무심했던 게 사실이다. 그러자 아이는 원망스럽다는 듯 큰 소리로 말했다.

"뽀르뚜가가 죽었잖아요. 제제를 사랑하는 뽀르뚜가가 죽었잖아요. 뽀르뚜가처럼 선생님도 인제 갈 거잖아요."

그랬구나. 그거였구나. 내가 얼마나 무심했는가. 손을 불끈 쥐고 사나운 기세로 앞을 쏘아보며 서 있는 아이를 바라보면서 속으로 눈물이 나왔다. 아이의 말처럼 나는 얼마 후에는 복지관에서의 수업이 끝나게 돼 있었다. 아이는 자신을 제제와 동일시했고 뽀루뚜가에게 위로받던 제제처럼 자신도 지금 인정받고 사랑받고 누가 알아준다고 여겨져 기뻤던 것이다. 그런데 뽀르뚜가와 제제처럼 극적인 이별은 아니지만 나와 함께하는 수업이 끝나면서 적어도 그 아이에게만은 다시 혼자가 되는 외로움이 기다리고 있었던 것이다.

그런 아이의 마음을 읽으니 가슴이 아프면서도 한편으로 무척 기뻤다. 누군가에게 정과 애착을 느낄 수 있으면 그것만으로도 건강한 정신이다. 사람은 아이든 어른이든 아무도 자기를 이해하지 못한다고 생각할 때 비뚤어지고 공격적이 된다. 한번 이해를 받고 자기가 하는 일에 책임감을 느껴본 아이는 쉽게 나쁜 쪽으로 흘러가지 않는다.

어른들은 아이들에게도 자아가 있다는 것을 모른다. '미운 일곱 살'이라는 말이 있다. 까닭 없이 반항하거나 거짓말을 하기 시작하는 아이를 말한다. 반항한다는 건 무언가 자기 욕망이 있다는 의미다. 그래서 거짓말도 한다. 욕망을 감추거나 돌려서 말하기 위해 거짓말을 만들어낸다. 이처럼 내면에 무언가 욕망이 자라나는데 그것을 어떻게 조절하고 표현해야 할지는 알지 못해 그냥 심술부리고, 입술이나 삐죽거리고, '싫어 싫어' 하는 말만 내뱉는다. 이게 미운 일곱 살이다. 먹고 자고 싸고 하는 본능만 있던 아이가 남과 구별되는 '자기만의 욕구'를 갖게 되는 나이가 일곱 살이다. 그리고 이처럼 자기 욕망이 시작되는 미운 일곱 살은 또한 상처를 받을 수 있는 나이이기도 한 것이다. 공포나 두려움은 본능만으로도 느끼지만 상처를 입는 건 자아나 인격이 세워져 있을 때 가능한 일이기 때문이다.

위기철의 《아홉살 인생》이라는 소설이 있다. 이 소설은 달동네인 산꼭대기 판잣집에 이사 온 아홉 살짜리 주인공이 한 해 동안 다양한 인물과 사건을 경험하다가 마침내 열 살이라는 어른(?) 나이로 올라서는 이야기다. 소설에 이런 말이 나온다.

"지나치게 행복했던 사람이 아니라면, 아홉 살은 세상을 느낄 만한 나이이다."

지나치게 행복한 사람은 거의 없을 것이다. 그렇다면 대개 사람들은 아홉 살에 이미 세상을 느낀다는 이야기다. 그리고 열 살이 되면 벌써 다른 세계로 들어간다. 그건 어떤 세계일까? 열 살이면 이미 자기만의 주관과 뚜렷한 욕망을 갖게 된다. 본능에서 이성으로 옮아가면서 자신이 원하는 것과 원하지 않는 것을 스스로 구분할 줄 알게 되고, 어렴풋하게나마 자기를 둘러싼 세계의 관계망을 인식한다. 그리고 남과 자기가 다르다는 것, 이 우주 안에서 누구하고도 똑같지 않은 유일한 존재로서 자기 자신도 느끼게 된다.

물론 이런 것들은 명확한 자각은 아니다. 그러기엔 아직 육체도 정신도 아직 덜 여물었다. 하지만 내면에는 전과는 분명하게 다른 무엇인가가 서서히 자리를 잡기 시작한다. 어른이 보기엔 머리에 피도 안 마른 '애송이'일 뿐이지만, 그 안에서는 무언가가 고요히 꿈틀거리고 있다. 말하자면 인격이 최초로 형성되는 시기가 열 살 전후다.

다시 말하지만 열 살 무렵은 상처를 받을 수 있는 나이이기도 하다. 이 시기에 겪는 아주 사소한 일만으로도 평생 성격이 왜곡될 수 있다. 인생에서 길을 잃고 헤매게도 된다. 그 헤매는 과정에서 느끼는 고통을 어떻게 말로 표현할 수 있을까? 이렇게 길을 찾아 나서는 방랑은 쉰 살이 되어도 예순 살이 되어도 계속된다. 나는 그렇게 길 잃은 사람들을 만나 끝이 보이지 않는 방랑길에 동행할 적마다, 내내 가슴이 뻐근하다.

내면아이 만나기

내면아이는 자기 자신이면서 심리적으로는 별개
의 또 다른 인격체다. 이 아이를 위로하고 상처
를 씻어주지 않으면 현재의 나는 심리적으로 늘
불안하게 된다. 자기 상처의 뿌리를 찾아가는
일, 현재의 나를 구하고자 과거의 나를 돌아보는
일, 그것이 내면아이를 만나는, 만나야만 하는
목적이다.

독서치료 강의를 여러 해 하다 보니 기법적인 면에서 조금씩 변화가 생긴다. 선정하는 책의 종류, 질문을 던지는 방식, 각 회기 때마다 분위기를 조성하는 방법 등에서 그동안 쌓인 노하우가 반영되어 프로그램 스타일이 달라진다. 근래에는 '내면아이를 만나는 명상 유도'라는 시간을 새로 집어넣었다. 이제까지 내담자로부터 직접 개인 정보를 듣는 것은 첫 시간에 '과거·현재·미래의 나'를 스스로 기술하게 하는 시간뿐이었다. 그리고 난 다음에는 각 회기 때마다 책을 한 권씩 읽고 토론하는 것으로 자기와의 대면을 유도해왔다.

책에 나오는 인물의 심리나 사건들에서 자기 아픔과 유사한 것이 나오게 되면 누구나 저절로 감정이 동화된다. 내가 진행하는 집단상담은 그러한 감정 동화를 통해 자기 문제를 객관적으로 바라보거나 잠재 의식에 가라앉아 있는 오래된 상처를 찾아내는 방식이었다. 상담자는 독서토론을 리드하면서 그때그때 토론의 깊이를 위해 몇 가지 치유적 질문을 던질 뿐 자기 내면과 만나는 문제는 전적으로 내담자 각자에게 맡겨져 있다.

이는 독서치료의 전형적인 방식이라 할 수 있다. 그런데 '내면아이를 만나는 명상 유도'는 조금 다른 방식이다. 내담자가 자기 내면으로 들어가보도록 상담자가 직접 권유하고 유도하는, 한층 적극적인 방식인 것이다. 이런 시간은 보통 서너 번째 회기에 갖는다. 세 번째 회기쯤 되면 상담자인 나와 내담자 사이에, 그리고 내담자들 사이에도 어느 정도 인간적인 신뢰감이 형성된다. 또 두 번째 회기까지는 보통 《우리들의 행복한 시간》이나 《유진과 유진》처럼 어린 시절의 상처가 담긴 책을 읽게 되는데, 이런 책을 읽고 나면 자연스레 자기 과거도 돌아보게 되고 자기 이야기를 하고 싶은 마음도 생긴다. 이 시기에 맞춰 좀더 적극적으로 내면 여행을 유도하는 것이 '내면아이를 만나는 명상 유도'다.

어린 시절이나 성장기에 큰 상처를 받게 되면 성인이 되어서까지 정서가 불안해진다. 몸은 성장했지만 내면에는 상처 입은 아이가 고스란히 남아 있기 때문이다. 이렇게 내면이 아픈 아이를 '내면아이'라 부른다. 이 내면아이는 상처 입은 그 시간에 갇혀 제대로 성장하지 못하고 외로움, 두려움, 분노, 채워지지 않은 욕망 등에 시달리게 된다. 성인이 되면 이런 기억들을 고스란히 간직하고 있을 수도, 까맣게 잊어버릴 수도 있다. 그러나 기억하고 안 하고는 중요하지 않다. 무의식 속에는 언제나 생생히 남아 있기 때문이다. 그리고 그 무의식 속의 상처가 현재에까지 영향을 미쳐 인간관계와 사회생활에 장애로 작용하는 것이다.

이 내면아이는 자기 자신이면서 심리적으로는 별개의 또 다른 인격체다. 이 아이를 위로하고 상처를 씻어주지 않으면 현재의 나는 심리적으로 늘 불안하게 된다. 자기 상처의 뿌리를 찾아가는 일, 현재의 나를 구하고자 과거의 나를 돌아보는 일, 그것이 내면아이를 만나는, 만나야만 하는 목적이다. 내면아이를 만나는 명상 유도는 이렇게 시작한다.

"여러분, 지금 내 안에서 자라지 못한 내면아이가 있다는 걸 여러분 스스로 아실 거예요. 그래서 지금부터 내면아이를 만나러 갈 겁니다. 지금 내면아이를 만날 준비가 되어 있는 분들은 과거로 기억 여행을 떠나겠습니다. 모든 긴장을 다 푸시고, 두 다리를 편안하게 하고, 벨트를 풀 수 있으면 푸시고, 저를 따라하세요. 제가 하나 하면 들숨을 쉬고, 또 하나 하면 날숨을 쉬세요. 자, 하나—하나, 둘—둘, 셋—셋……."

이런 식으로 시작해 한 걸음 한 걸음 오래된 기억 속의 자기 내면으로 들어가도록 적절한 말로 차분히 유도해간다. 그런데 내가 독서치료 프로그램에 이런 시간을 새로 도입했다고 하자 조금 의아해하면서 그 효과에 대해 문제를 제기하는 이가 있었다. 독서치료에 대해 충분히 이해하고 있는 사람으로서 나의 오랜 지기이기도 하다. 그가 갖는 의문도 나름대로 일리는 있는 것이어서 여기에 그와 나눈 대화를 옮긴다. '내 면아이를 만나는 명상 유도'가 어떤 것인지 이 대화를 통해 더 자세히 이해할 수 있을 것이다.

Q. 그건 최면요법 비슷한 건가요?

A. 아니요. 최면은 의식을 잠시 내려놓는 거잖아요. '내면아이를 만나는 명상 유도'는 뚜렷한 의식 속에서 다만 과거에 집중해보는 거예요. 내려놓는 게 있다면 현재의 감정이나 주변을 의식하는 마음 같은 게 되겠지요. 마음의 긴장을 풀고 주변 어느 것에도 신경 쓰지 않고, 최대한 순수한 마음으로 과거의 자기 모습을 되살려보는 거지요.

Q. 그게 좀 납득이 안 됩니다. 최면요법처럼 무의식 속에 있는 어떤 것을 끄집어내는, 그러니까 본인 스스로도 의식하지 못한 어떤 것을 최면과 같은 방식으로 찾아내는 건 아니라는 거지요?

A. 네, 무의식을 건드리는 건 아니에요. 나한테 그런 최면기술이 있지도 않구요. 다만 고요한 마음으로 과거를 들여다볼 수 있도록 말로 약간 리드를 해주는 것뿐이지요.

Q. 여전히 잘 이해가 안 되는 게, 독서치료라는 건 책을 읽다가 자기 경험과 비슷하거나 정서적으로 공감되는 게 있을 때 그것을 시작으로 조금씩 이야기를 깊이 있게 진전시키면서 자기 마음을 열어가는 거란 말이에요. 책을 읽고, 혼자 생각하는 시간도 갖고, 그리고 여러 사람

이 피드백을 나누는 시간도 있지요. 그런 자연스러운 과정이 있으니까 사람들이 자기 내면으로 들어가게 되는 거지요. 이제까지는 그렇게 터놓고 속마음을 이야기할 기회가 없던 사람이 감정을 다 토해내고, 그런 자기감정을 또 객관적으로 바라보고 하면서 차츰 과거의 아픔을 넘어서게 되는 거지요. 그런데 지금 선생님이 얘기하는 건 그런 과정 없이 바로 내면을 들여다보도록 하는 거잖아요? 그런다고 내면으로 들어가지나요? 최면을 통해 무의식으로 접근하는 것도 아니고, 말로 조금 리드해주는 것만으로 과거의 감정을 되살릴 수 있을까요?

A. 내면아이를 만나면 감정은 되살아나지요. 그러면서 자기 아픔의 뿌리를 알게 되고, 뿌리를 알게 되니 자기 치유도 가능하게 되지요.

Q. 그 말은 알겠는데, 제 얘기는 내면아이를 만나는 게 그리 쉽게 되냐는 거지요. 책을 읽고 서로 피드백을 주고받으며 자연스럽게 자기 안으로 걸어 들어가는 것도 아니고, 그렇다고 최면이라는 기술을 통한 것도 아니고, 그냥 말로 내면으로 들어가보라고 해서 들어가지냐는 겁니다.

A. 당연히 그런 의구심을 품을 수 있는데, 근데 그게 된다는 거지요. 아마도 사람들이 빨리 자기 문제를 만나고 싶은 안타까움이 있어서 그럴 거예요. 두세 번째 회기를 지나고 나면 자기 안의 감정을 꺼내놓고 싶은 욕망이 생기는 데다 어느 정도 스스로 자기 문제를 의식하게 되거든요. 저는 그 시기에 자기와 대면할 기회를 던져주는 거지요.

Q. 그렇다 해도 이건 본인 스스로 자기 문제를 아는 경우만 해당되

는 것 아닌가요? 자기가 지금 왜 이렇게 힘든 감정을 갖고 사는지 그게 무의식 속에만 있고 의식에 남아 있지 않은 경우엔 아무리 눈 감고 생각을 집중해도 안 될 것 같아요. 누가 잠깐 눈을 감아보라고 하고는 '자, 당신 아픔의 근원인 상처받은 아이를 만나라' 해서 짠, 하고 만나지는 건 아닐 테니까요.

A. 그건 맞아요, 전혀 기억에 없으면 고요히 몰입하는 것만으로 내면아이를 만나긴 힘들지요. 실제로 내 말을 들으면서 스스로 매우 기대하면서 내면아이를 찾아보았지만 안 보여서 당황했다고 하는 사람들이 있어요. 하지만 그런 시간을 통해 적어도 마음의 문을 열 준비는 갖추게 되지요.

Q. 그러면 그 시간을 통해 내면아이를 만나는 사람의 비율이 어떻게 되나요?

A. 반반이에요.

Q. 와, 그 정도면 제 예상보다는 상당히 긍정적 반응이네요. 그런데 이런 측면도 있을 것 같아요. 어떤 사람에게는 그런 기법이 반감을 줄 수도 있지 않을까 하는. 무슨 말이냐면, '이거 뭐하자는 건가, 눈 한 번 감고 내면아이를 만나라니' 하며 어딘지 조금 작위적인 방법이라는 생각도 들 수 있을 것 같거든요.

A. 그 말씀도 일리가 있어요. 실제로 그 시간에 눈도 안 감고 멀뚱히 주변 사람만 보고 있는 사람들도 있어요. 왠지 민망하고 어색하고 작

위적이라 생각하는 거겠지요. 이런 방법으로는 뭔가 될 것 같지 않다고 처음부터 회의를 품는 거지요. 그런데 그런 사람들이라고 해도 자기와는 다르게 반응하는 사람들을 보게 되잖아요. 옆에 있는 사람들이 흐느끼기도 하고, 눈을 감은 상태에서 휴지를 찾아 눈물을 닦고, 그런 걸 보면서 '아, 저렇게 자기 내면아이를 만나는 사람도 있구나, 나도 저럴 수 있다면……' 하는 생각을 하게 되지요.

작위적이라고 느끼거나 어색해서 시도하지 않았던 사람들이라 해도 역시 무언가를 찾고 싶어 오신 분들이잖아요. 그러니 주변 사람들을 보면서 자기반성을 하게 되기도 하지요. '나도 믿고 따라가 볼 걸, 나는 아직 내면아이를 만날 용기가 없는 건가? 아직도 나는 안 열려 있는 건가?' 그런 생각을 한다는 거지요. 이런 것을 자신 안의 역동이라고 해요. 그러면서 용기를 끌어 올리고, 이성보다는 단순하고 순수한 감정으로 자기 안을 들여다보려는 마음을 갖게 만들지요.

이제 '내면아이를 만나는 명상 유도'에 대해서 조금 이해가 되었는지 모르겠다. 사실 내면아이를 만난다고 모든 게 해결되는 건 아니다. 앞에서 나는, 내면아이는 심리적으로 현재의 나와 전혀 다른 인격을 지닌 존재라고 말했다. 따라서 내면아이를 만났다 해도 그건 이제 처음 만난 아이일 뿐이다. 그 아이를 위로하고 지켜주는 일은 만나는 시점부터 시작한다. 어떤 이는 내면아이를 만나고 나서 그 아이를 향하여 다음과 같은 글을 썼다.

"이제 널 혼자 두지 않을게. 네가 자랄 수 있도록 내가 영양분이 되어줄게. 그 일은 네 잘못이 아니야, 내가 너의 아픔을 만져줄게. 이제 내가 너에게 약도 발라주고 상처도 낫게 해줄게."

이 사람이 글에 쓴 그대로 이제부터야말로 그 아이를 위해 무언가를 하기 시작할 때인 것이다. 그 아이가 완전히 위로받고 당당하게 서는 날, 그때 비로소 '현재의 나'가 외로움과 불안과 두려움을 다 벗어버릴 수 있게 되는 것이다.

다음은 내면아이를 만난 사람들이 직접 쓴 글이다.

내면아이 만나기

사례 1

너를 만나러 가는 동안 나는 줄곧 두렵고 떨렸어. 뭐라고 말해줘야 할지, 아니 어떻게 위로해줘야 할지 몰라서……. 그런데 문을 열고 들어간 순간! 가만히 쭈그리고 앉은 너를 보며 안아주기만 했어. 그런데 정말 마음이 편했어. 아무것도 하지 않아도, 아무 말 하지 않아도, 그저 이렇게 안아주기만 했어도 됐는데…… 나는 왜 그토록 너를 만나는 게 두려웠을까?

네 의지와 상관없이 성폭행을 당하고 가족에게 위로받지 못한 네

가 웃음을 잃은 후 나는 네가 부끄러웠나 봐. '네 잘못이 아니었는데
…….' 그렇게 너로부터 도망간 이후부터 너를 만나기가 두려웠던 것
같아. 《유진과 유진》을 읽고, 많이 울었어. 너에게 미안해서.

할머니 말씀처럼 네게 바람도 쐬어주고 햇볕도 쬐어줘야 했는데.
너를 가장 외롭게 놔둬서 정말 미안해. 이젠 자주 찾아올게. 널 혼자
내버려두지 않을게. 사랑해, 내 속의 또 다른 나!

사례 2

너를 마주할 용기가 없었는데, 내가 널 보러갔을 때! 너도 내게 등
을 보였었지. 나는 네가 화가 나서 그런 거라 생각했는데. 돌아선 네
모습이, 얼굴에 멍 자국과 찢어진 입술로 피가 흐르는 네 모습을 보이
기 싫어서 그랬다는 사실을 알고 맘이 아파 눈물이 났어. 아무 힘도
없는 너를, 아무 잘못도 없는 너를 늘 술 취해 들어오면 때렸던 끔찍
한 광경들! 그곳에서 벗어나고자 발버둥쳐야 했던 너의 가녀린 어깨
가 오늘은 더 추워 보인다.

이젠 괜찮아. 내가 안아줄게. 나 너를 감싸 안을 만큼 이젠 커서 누
구에게도 너를 함부로 대하게 내버려두지 않을 거야. 그리고 앞으로
더 건강한 사람이 될 거야.

사례 3

사실, 내면아이를 만나러 가고 싶지 않았다. 다 쓸데없는 짓이라고

생각했다. 눈을 감고 호흡을 따라하면서도 내 마음은 그렇게 완강했다. 조금 있으니까 이곳저곳에서 훌쩍이는 울음소리가 들렸다. 눈을 조금 떴다. 같이한 사람들의 이제까지의 태도가 진지했고 좋아서 조금 귀찮은 때도 참여했던 것이었는데 그런 사람들의 우는 모습에 나는 당황했다. 처음 강사님이 "나를 찾아가는 여행에 함께 동행하는 동반자들을 존중해주고 감사하는 마음을 가지라"고 한 말씀이 무엇이었는지 조금씩 알 것 같았다. 그들의 태도 때문에 나도 진지하게 따라갔다. 그곳에서 부엌세간들이 다 널브러진 땅바닥에 쓰러져 있는 엄마를 안고 울부짖는 나를 만났다. 죽었을지도 모른다는 공포에 바지에 오줌을 싸는 것도 모르고 울었던 내가 거기 있었다. 반은 공포로, 반은 분노로 가득한 눈망울로 나를 보고 있었다.

이제껏 살면서 늘 그랬듯이 누군가의 아픔에 공감하지 못하고 누군가의 눈물에 오히려 화만 내는 나였기에 어찌할 바를 몰라서 다가가지 못하고 한참을 망설였다. 떨리는 맘으로 손을 잡아주었다. 괜찮다고 하면서 등을 어루만져주었다. 그리고 눈물을 닦아주었다. 그러자 금세 이 세상에서 가장 선하고 순한 눈으로 바뀌었다. 이렇게 맑은 눈을 가졌었구나.

가벼운 맘으로 돌아왔다. 그러나 결코 내 마음은 가볍지 않다. 그 선하고 맑은 눈을 담았으므로……

사랑하는 너에게

오늘 아침 창문 너머로 하얀 눈발을 보며, 생일에 뜻밖의 선물을 받은 듯 감격하고 있었다. 이 나이의 생일! 마흔을 넘긴 이후로는 셈하는 법을 잊어 별로 의미 없는 숫자로만 남은 나이…… . 진한 커피 향을 음미하면서 흩날리는 눈을 바라보는 호강을 잠깐 누려보았다.

잘 지내고 있는 거지?

남들은 그리도 쉽게 전화를 걸고, 하루가 멀다 하고 존재를 확인하며 안부를 묻곤 하던데…… 너와는 1년을 넘게 연락을 못 나누고 있다. 그래도 늘 마음 한 구석에는 '잘 있을 거야. 분명 자신을 찾아 여행을 하며 긴 시간 사색에 잠겨 있겠지. 언젠가 마음속 키가 한 뼘은 커서 불쑥 환하게 웃으며 내 앞에 나타날 거야' 라는 근거도 모를 무조건적인 믿음이 자리하고 있단다. 네가 아주 먼 거리에서 엄마와 함께 나를 찾아왔던 날이 기억에 선하다.

수줍은 듯 웃어 보이던 미소와 다부진 입술, 또랑또랑하던 눈망울!

그 눈빛이 살아 있어 네가 참 좋았던 것 같다.

어쩌면 네 다부진 모습 뒤에는, 엄마와 떨어져 지내며 가슴에 맺힌 깊은 그리움과 허전함이 숨어 있을지 모른다고 여겨져 본능적으로 너를 보호하고 싶었던 건지도 모른다. 보자마자 '네가 좋다'는 마음이 든 건 그런 이유인지도.

청운의 꿈을 안고 시골에서 혈혈단신 올라와 혼자 학교 앞에서 하숙을 하며 살았던 네 얼굴에서 외로움이 묻어나온 건 어쩌면 당연한 일이었다. 함께 논술이란 놈과 씨름을 하면서도 계속 내 마음을 짓누르고 있던 것은 울어야 할 때 울지 못하고 애써 어른이기를 자처하는 네 모습이었다.

네 마음속 응어리를 풀어보고자 내 경험을 열어 보였을 때 그저 듣기만 하다가 나를 위로해주며 힘내라고 격려하는 너에게서, 나에게 보내는 든든한 지지 뒤에 숨어 있는 객기를 보았다. 숨죽이고 있는 괴물이 보였다. 그리고 그 괴물이 앞으로 얼마나 너를 힘들게 할지가 걱정되었다. 한동안 나는 그런 걱정으로 열병과 두통에 시달렸다.

나는 당시에도 많은 아이들을 가르치고 또 숱한 사람들과 인연을 맺으며 그들의 삶에 웃고 우는 시간을 보내고 있었다. 그런데 왜 특히 너에게 열병을 앓을 정도로 깊이 천착하게 된 걸까? 그건 아마도 네 속에서 나를 보았기 때문인 듯하다. 네 현재 삶이 내 유년기와 많이 닮아서……

4남매의 맏이인 건 하나도 버거울 게 없었다. 엄마는 늘 우리를 보살펴주셨고 비 오는 날 대청에 누우면 빨간 김치부침개를 해주시면서 천천히 먹으라고 등을 쓰다듬으셨던 사랑이 얼마나 든든했던지. 나는 부침개를 먹을 때마다 사랑도 함께 먹으며 늘 배가 불렀었다.

내가 허기를 느끼기 시작한 건 아버지가 사업에 실패한 후 엄마가 가장 역할까지 하게 되면서부터였다.

조그만 구멍가게를 열어 장사를 시작한 엄마에게는 이제 자식들을 먹여 살리는 문제가 시급했다. 더는 비 오는 날 부침개를 부쳐줄 여유가 없었다. 삶의 고단한 무게를 그대로 안아야 했던 것이다. 엄마가 나눠주었던 사랑과 책임은 오롯이 내 몫으로 떨어졌다. 아홉 살 난 내게 엄마 역할은 무겁고 버거운 짐이었다. 때로는 나도 사랑이 그립고 갈급하다고 소리도 지르고 싶었고 동생들처럼 어리광도 부리고 싶었다. 나는 엄마가 되고 싶은 게 아니라 엄마의 사랑을 받는 아이로 남고 싶었다. 지금 생각하면 특별히 내가 한 일은 없는데도 그땐 그저 맏이라는 책임감에 주눅이 들어 있었던 것 같다. 울고 싶어도 울 수 없었고 내가 하고 싶은 것, 갖고 싶은 것이 무엇인지도 당당하게 말할 수 없었다. 그래서 나는 늘 속울음을 삼켜야 했다.

그러다가 어느 날 처음으로 엄마에게 한 가지 청을 했다. 어렵사리 "서울 가서 공부하고 싶다"고 말하던 날! 우리 형편에 얼마나 어려운 일인지 번연히 알았기에 엄마가 답을 줄 때까지 가슴이 타들어가는 갈증을 느꼈더랬다. 그렇게 기다리다 들은 대답은 "그래, 해보마"였다. 그

동안 느낀 서러움이 북받쳐 눈물이 나왔지만 소리 내어 울지 못했다. 엄마에게 너무 미안하고 고마워서…….

새벽 여섯 시에 기차를 타고 가 공부를 하고 오후 네 시에 또 기차를 타고 집에 오는 초등학생의 기차 통학은 그렇게 시작됐다.

내가 하고 싶은 유학을 하고 엄마, 아버지 곁에서 동생들과 좁으나마 한 집에서 지낼 수 있었기에, 힘든 통학도, 집에 와 엄마를 돕는 일도 내게는 행복한 일상이었다.

그러나 그런 행복도 잠시……. 1979년 5월 4일 어이없는 기차 사고가 났다. 기차를 놓치면 안 된다는 생각에 나는 달리는 기차의 난간을 붙들고 겨우 올라섰다. 무사히 기차 안으로 들어갈 수 있을 거라 생각했던 거다. 그러나 사람이 너무 많아 안으로 비집고 들어갈 수가 없었다. 그렇게 버티다가 그만 난간을 놓치고 달리는 기차에서 떨어지고 말았다.

사람들은 피투성이가 된 나를 병원에 옮겼고 엄마도 부랴부랴 달려왔지만 의사들은 너도나도 고개를 저으면서 가망이 없으니 포기하라고 했단다. 엄마는 "내 딸 살려달라!"면서 의사들 멱살까지 그러쥐고는 피맺힌 절규를 토했다. 의사들은 엄마의 사투에 떠밀려 여덟 시간의 대수술을 시도했고 결국 나는 그렇게 다시 살아났다.

눈을 떴을 때, 머리를 꿰뚫는 듯한 두통과 온몸의 경련이 느껴졌다. 그러나 무엇보다 괴로웠던 건 눈이 퉁퉁 부은 채 날 바라보는 엄마의 얼굴을 마주 대하는 일이었다. 너무 죄스러웠다. 나는 고통에 겨워 다시 눈을 감았다. 이대로 다시 눈 뜨고 싶지 않았다. 그 아픔이, 그 고통이 어떤 것인지는 아무도 모를 것이다. 그렇게 나는 엄마에게 커다란 마음의 빚을 지게 되었다.

오랜 치료를 마치고 퇴원해 집으로 돌아갈 적엔 마음이 홀가분했다. 이제는 엄마를 곁에 두고 오롯이 그 사랑을 독차지하는 호사를 누릴 순 없겠지만 동생들과 엄마에게 미안했던 마음속 짐을 조금은 덜 수 있었으니까.

내 사고를 계기로 전국에 기차 통학 금지령이 떨어졌고, 나 또한 더는 기차로 통학할 수 없었다. 난 혹시 다시 시골 학교에 다녀야 하나 불안했다. 그런데 엄마는 갔던 길을 되돌아오는 법은 없다며 특단의 조치를 내리셨다. 나를 서울에 사는 외삼촌 댁에 맡기신 것이다. 그러면서 내게 열세 살 어린이가 아닌 독립된 성인이 되기를 요구하셨다. 물론, 그래야 했다. 어려운 형편에 공부를 시키려는 엄마의 배려가 감사해서, 너무나 고마워서 나는 참 많은 것을 참아야 했다. 엄마가 너무 보고 싶단 말도, 늘 배가 고팠다는 말도, 그것은 애당초 내 몫이 될 수 없는 것이라고 여기며 눈을 질끈 감아야 했다. 잊어야 했다.

토요일이면 엄마를, 동생들을 보러 간다는 들뜬 마음에 학교가 끝나기 무섭게 집으로 향했다. 그런데 그렇게 그리웠던 엄마의 품에 와락 안길 수 없었던 것은 왜일까. 데면데면하게 굴기만 했다. 집안 대청소를 하고 엄마가 차려주는 밥을 맛있게 먹는 것밖엔 내가 할 수 있는 일이 없었다.

엄마가 챙겨주는 짐을 들고 서울로 올라오는 일요일 오후! 빠알간

노을에 물든 문산역은 어린 내 가슴에 각인되었다. 뜻 모를 눈물이 흐르고 그리움이 속 깊게 차오를 때면 '이렇게 나 홀로 떨어져 사는 건 이제 싫다'는 말을 속으로만 수없이 되뇌었다. 그러나 그러면 안 되는 거였기에, 나는 내 가슴에 그림자를 만들었다. 한 주 한 주 시간이 흐르며 그 그림자는 나도 모르는 사이 괴물처럼 커져버렸다.

심리학 공부를 하면서 이론을 배울 때마다 내 안의 괴물이 어떤 성격을 소유하고 있으며 어떤 말에 화를 내고 어떤 감정에 유독 반응을 하는지를 알게 되었다. 내가 겪게 되는 심리적 불편함을 이론에 비추어 머리로 이해하면서 어느 정도는 묻어둘 수도 있었고 정리도 할 수 있어서 편안함을 느끼기도 했다. 그러나 머리로 이해되는 그 감정이 가슴으로 절절하게 와 닿지가 않았다. 내 서러움, 밑도 끝도 모르게 올라오는 그 서러움으로 누군가의 말 한마디, 행동 하나에도 눈물을 흘리는 나를, 그런 일시적인 편안함이란 허울로 감출 수는 없었다. 내 서러움과 외로움의 근원을 만나야겠다고 작심하고 나를 돌아보기로 작정한 날! 나를 위한 시간을 열어두고 삼청동 길을 걷다가 들어간 서점에서 책 한 권을 만났다.

신경숙의 《외딴방》.

그 책을 읽는 내내 나는 내 서러움의 근원이 엄마에게 있음을 알았다. 내 허기진 배고픔의 근원이 엄마를 향한 사랑고픔임을 알았다. 내가 당연히 받아야 했을 사랑을, 배려를, 맏이라는 책임으로 눌러놓고 어른인 양 마땅히 해야 한다는 당위에 눌려 할 말을 못하고 울지도 못했던 억울함이 녹아 있었다. 그 억울함이 나를 굶주리게 했고 그런 사랑고픔은 늘 젖을 달라고 울다가 지친 아기의 서러움과 맞닿아 있음을 알았다.

작품 속의 나! 아주 작은 것에도 예민하게 반응하는 가녀린 '나', 사랑한 것 말고는, 삶을 따뜻하게 바라본 것 말고는 잘못한 게 없는데 너무나 큰 짐을 안아야 했던 '나', 울고 싶어도 마음껏 울지 못하고 삼켜야 했던 '나', 외면하고픈 시간을 결국은 만나야 했던 '나'로 표현된 주인공은 내 모습이 고스란히 투영된 또 다른 나였다. 그런 나를 책을 통해 만나고 보니 훨씬 정리하기가 쉬웠다. 그렇게 쉬워서였을까? 금세 나는 책 속의 그녀와 오랜 설움을 풀어놓고 목울대를 울리는 통증을 느끼면서도 꽤나 오랜 시간 상쾌하게 울었다. 그렇게 서러움에 떨고 있는 내 안의 아이를 만나 등을 쓰다듬어주고 따뜻하게 안아주고 얼굴을 비벼주었다. 얼마나 예뻤던지, 얼마나 사랑스럽던지…….

그러고 나서 내 안의 괴물은 무척이나 유순해졌다. 어느 곳을 만져주면 좋아하는지를 아니까. 사랑하는 사람과 유희를 즐기듯 그렇게 나는 내 안의 괴물과 기꺼운 동행을 했다. 가끔씩 올라오는 괴물의 난폭한 몸놀림에 놀라 또 눈물이 솟을 때에도 이제는 남을 힘들게 하거나 아프게 하는 나는 거기에 없다. 그렇게 해놓고 후회하며 자괴감에 빠지는 어리석은 나는 없다. 다만, 가슴속 또 다른 외딴방으로 아주 담담하게 숨어든다. 그 외딴방에 올라가 괴물의 횡포가 잠잠해지길 기다린다. 그러면 기다렸다는 듯 유년의 엄마는 내게 빨간 부침개를 부쳐준다. 등을 어루만지며 "천천히 먹어, 내 아가" 하고 속삭이는 엄마의 가슴에 안겨 젖을 빼는 내가 있을 뿐이다. 잃었던 시간을 거슬러 올라가 다시 사랑을 만나고 있는 내가 있을 뿐이다.

　두통이 가시지 않는다.
　머리로 만난 자아가 아닌 가슴으로 만난 내 자아를 얼마나 정성 들여 건강하게 성장시키고 있는지 너에게 들려주고 싶은데……. 책 속에서 숨 쉬고 있는 무수한 '또 다른 나'를 어떻게 만나고 함께 삶을 가꾸어가야 하는지를 알려주고 싶은데……. 너는 언제쯤 나를 찾아올까?
　내가 바라는 것은 네 속의 괴물로 네 삶을 망가뜨리지 않기를, 뜻 모를 가슴속 허전함으로 하느님이 네게 주신 특별한 능력을 유기하지 않기를, 삶의 분명한 목적을 발견하고 묵묵히 인내할 수 있는 견고함을 소유할 수 있기를, 그래서 네 사는 날이 행복하기를…… 눈발 흩날리는 이 아침에 바란다.

독서치료 프로그램에서 내담자들과 함께 읽은 책

《괭이부리말 아이들》 김중미 지음, 송진헌 그림, 창비.
05 울지 못하는 남자들, 06 존재의 이유, 07 분노가 나를 삼킬 때, 10 그녀의 바탕화면

....

《나의 라임오렌지 나무》 J. M. 바스콘셀로스 지음, 박동원 옮김, 동녘.
14 인생을 느끼는 나이, 열 살

....

《나이듦의 즐거움》 김경집 지음, 랜덤하우스코리아.
01 외딴방에 갇혀 우는 어린 나

....

《내가 나인 것》 야마나카 히사시 지음, 고바야시 요시 그림, 햇살과나무꾼
옮김, 사계절출판사.
14 인생을 느끼는 나이, 열 살

....

《내 생애의 아이들》 가브리엘 루아 지음, 김화영 옮김, 현대문학.
06 존재의 이유

....

《돼지가 한 마리도 죽지 않던 날》 로버트 뉴튼 펙 지음, 고성원 그림, 김옥수
옮김, 사계절출판사.
14 인생을 느끼는 나이, 열 살

....

《마당을 나온 암탉》 황선미 지음, 김환영 그림, 사계절출판사.
03 서로 미워하는 여자들

....

《마흔의 심리학》 김진세, 이경수 지음, 위즈덤하우스.
08 아픔을 태워버린 아버지, 09 미움과 그리움의 불협화음, 10 그녀의 바탕화면

....

《문학의 숲을 거닐다》 장영희 지음, 샘터사.
06 존재의 이유

....

《박사가 사랑한 수식》 오가와 요코 지음, 김난주 옮김, 이레.
04 엄마를 그리워하는 엄마

....

《사람풍경》 김형경 지음, 예담.
04 엄마를 그리워하는 엄마

《아버지》 김정현 지음, 자음과모음.
11 살아남은 자의 슬픔

《외딴방》 신경숙 지음, 문학동네.
01 외딴방에 갇혀 우는 어린 나, 02 타인의 아픔

《우리들의 행복한 시간》 공지영 지음, 푸른숲.
01 외딴방에 갇혀 우는 어린 나, 03 서로 미워하는 여자들, 04 엄마를 그리워하는 엄마, 08 아픔을 태워버린 아버지, 09 미움과 그리움의 불협화음, 11 살아남은 자의 슬픔

《유진과 유진》 이금이 지음, 푸른책들.
04 엄마를 그리워하는 엄마, 05 울지 못하는 남자들, 10 그녀의 바탕화면

《죄와 벌》 도스또예프스끼 지음, 홍대화 옮김, 열린책들.
10 그녀의 바탕화면